# The City We Were

張大春

# 我的老台北

# 目次

自序

# 看見那一片寂靜

我的老台北，原本只是一單篇文字，當時是應姚任祥的邀請，為她所策劃出版的《台北上河圖》寫一篇「印象中的老台北」。至於到底應該描繪出一些什麼樣的印象？以及這個台北又應該有多麼的老？以及這樣的老台北究竟能不能引起讀者的聯想和回憶？這種種和後來結集出版有關的問題，在那一個寫作的當下，我並不太知道。作為一個寫了大半輩子的專業作者，居然也就一篇接一篇、糊里糊塗地寫了下去，如此而意外成書，可以說不免有幾分汗顏。

一篇接著一篇地回憶前半生，不會無緣故，這裡就要提到和我在News98全民廣播電台共事了三年的蔡明真。明真於二〇一九年離職之後，在聲浪科技的podcast節目製作部門工作，我們把《台北上河圖》所收錄的那篇文字的主旨又延伸到「已經消失的台北」、「不再看到的城市角落」、甚至「記憶中模糊了的生活景觀」，這裡的每一個語句都包含著某種悖論：如果是消失了的、不再看到的、記憶中模糊了的……試問：該如何述說？

Podcast 是一個到現在為止我都還不大了解的東西。我前後錄製了二十一集內容，於我而言，podcast 節目無論是「週更」、「月更」，也無論是一集十分鐘或者四十分鐘，在錄音說事方面，和我在電台裡對著麥克風講故事可以說沒有什麼差別。只不過這些故事的產出過程，和我之前的寫作經驗迥然不同。

在《大唐李白》第二部完成之後，基於對國語文教育問題的焦慮，我一連出版了《文章自在》和《見字如來》兩書，算是忽然間遠離了我的小說本行——那是我還能用正常目力透過電腦寫稿的最後一段時間。為了履行合約，我必須先將擱置多年未曾完工的「春夏秋冬四部曲」終篇《南國之冬》脫稿，之後，在稍遠距離之外，眼睛便不能對焦的情況開始造成困擾，而《我的老台北》還是必須「週更」或者「月更」，我該怎麼辦呢？

最常見的情況就是，我一旦決定在某一天交稿錄音，那麼，前一天晚上，我會及早就寢，然而只略睡一陣養點精神，之後便躺在枕頭上打一整夜的腹稿（我私心稱之為『打更』），之後，大約也就是清晨四點前後，我抓起手機，一個字一個字把那篇腹稿敲出來。據說這樣寫稿是很傷視力的，我心知肚明，但是請相信我，這樣幹，最有效率。

那些個安靜的夜晚其實未必安靜。窗外遠遠近近的山上，總會隨時傳來一陣又一陣的鳥鳴聲。大致上作個不甚準確的分辨，四點鐘的鳥群和五點鐘、六點鐘的鳥群，種類有別，鳴聲各異。我常常在聽到鳥鳴的時候，不意間出了神，忘了自己在寫稿，忘了自己在回憶，也忘了自己在訴說。鳥群和鳥群之間原來是有極大區隔的，可惜我不通博物之學，在辨認鳴禽方面可以說是個白丁。但是我極願意沉浸於鳥兒輪番啼叫之間的片刻寂寥，感受牠們相互禮讓、順利交班的情味。早一批的鳥兒——我猜想——會不會是叫累了才捨得把話語權讓渡出來呢？晚一批的鳥兒，又會不會是顧忌著前輩們還有未曾交待的訓斥或叮嚀而刻意守候片刻呢？晚鳴之禽，也未必就是年輩青春的後生吧？而那麼明顯的語言不通，這些不同群種的鳥兒們，到底能不能藉由每天自夜徂晝的反覆呼喚而彼此熟識、相互理解呢？

我通常耽溺於鳥聲沉靜下來的那一段時間，暫時不「打更」，我會胡思亂想些不一定和podcast、出版，也不一定和「老台北」有什麼關聯的事物。在一整片連天連地、連手機屏幕也沉暗下來的闃黑之中，我預習著以後必然有一天會來到、而我什麼也看不見的生命情境，隨即感覺平靜。因為就在每一次不那麼馳騁目力的時候，我的過往卻開始清晰、明亮，那些我以為早已被歲月沖刷無遺的生命細節都還在某處。

從二〇一八年初開始，隨著小說寫作的荒疏，更多的時間，我緊緊握住毛筆，每天若是不臨個幾張法帖、或者不寫個幾篇古文，我對於這世界的歉疚感就無以緩解。

或讀書作筆記註解、或抄錄古典詩文、或給遠方的朋友傳送簡訊或寫信札、甚至上市場買菜的購物品項便條，一律出之以翰墨。表面上看，練字怎麼說都是一樁美好的事情，但是只有我自己明白：每天寫兩千字的自我要求並不只是為了鍛鍊，反而有一種逃避艱困責任的心理解脫。

我一方面安慰自己：視茫茫隨著髮蒼蒼而來，這是正常的老化現象，不必求醫——或者等著嚴重些了之後再去求醫也未為晚矣。另一方面，則仗著還能夠寫大小字而覺得自己並不曾空虛度日。眼睛不能對焦的情況，就在這樣蹉跎之下日益嚴重。大概也就在這段時期，無論識與不識的人，但凡接觸過《我的老台北》podcast的，大多會殷殷詢問：「『老台北』幾時更新啊？」我就用這篇文字回答諸君：如果你願意多聽聽上一班嗚叫的鳥兒在何等的夜色中嚶嚶呼叫，就請看看這本書。如果你沒有讀書的時間，只消明白一件事也就夠了：在不同的時空坐標上鳴叫過的，不一定要留下自己的聲音或印記，因為在不同的世代之間，最美好的，是那一片寂靜。

# 遼寧街116巷的三輪車和電話

我的老台北沒有一個固定的時間座標，它就在那兒——有三輪車行經一人高的郵筒和鐵框玻璃電話亭的那個年代是其中之一。

三輪車要到一九六〇年九月才會逐漸消失在台北街頭。三輪車伕報繳了車，可以領三千塊錢現金。最早一批車的解體儀式公開盛大，一百輛三輪車堆擠在中山堂前的廣場上，居然也有一種壯大的聲勢。接著，你聽到不知何處一聲令下，公開拆毀。外縣市拆三輪車的工作似乎推宕得很晚，一直到八〇年代，透露著那種無聲無息便再也看不見的況味。而我印象中最後一次乘坐三輪車是四歲鬧肺炎的時候。

那時我住的國防部復華新村在遼寧街116巷，距離每天早晚要到街口去打針的松本西藥房，了不起兩、三百步的距離。可那是一個颱風天，天上潑大水。慢說是走，用我媽的話說：雨大得都看不見鼻頭了。可偏偏這時門外來了一輛三輪車，車伕原本大約也沒有料到可以做成生意，騎過家門口的時候一按鈴，我媽就衝出去，叫住那車。從此說好了：只要是下大雨，這車一早一晚地就來門口接我去打針。我那場肺炎起碼鬧了一個月，早早晚晚打消炎針的日子還真碰上不只一個颱風，到後來和那車伕都熟了起來。大風大雨之中，上車才要坐定，就聽見他隔著油布車篷問道：「太太啊！孩子好些了嗎？」

那車伕姓郭，後來我才知道：他和咱村辦公室的工友老孟是一對不知怎麼樣交好的朋友，倆人都是大清朝年間出生的四川老鄉，經常在遼寧街靠近12路公車起站的小麵館門口的長凳上喝太白酒，一面看瘸子老闆在大鋁盆裡刷碗。彷彿那樣刷碗是個下酒的娛樂節目似的。老孟喝著酒，還會在作廢的日曆紙背面塗塗畫畫，在咱們村口上開著雜貨鋪的村幹事徐伯伯看見了，總會咧起嘴笑著說：「老孟，認字兒啦？」

至於瘸子麵館，據說是方圓多少里以內最便宜的麵食鋪子，牛肉麵五塊錢、排骨麵五塊錢，當時我都還沒吃上。我爸說：咱們吃不起，俺一個月的薪水湊足了讓全家吃八十碗，別的幹甚麼都不能再花錢了，沒有了，光蛋了。這是我爸的原話。

老郭和老孟有些時候會蹲在村辦公室（村公所）的小院子裡乘涼或曬太陽，而且悉心防範著村裡的孩子們去玩電話。村辦公室是一戶寬窄的一間通廳，當間兒拼湊著幾張方桌，鋪著灰不灰、藍不藍的大桌布，那是全村開動員月會的地方，至於甚麼是動員月會，我到今天都不太清楚。而這辦公室根本沒有人辦公，室內永遠瀰漫著一種發霉的、或者是蜜餞的氣味。拼起來的大會議桌上甚麼也不許擱，此外就是一個報紙架子，和一具手搖電話機。人說老孟住在「後頭」，還說老孟在「後頭」藏了一把刀，他用那把刀趕過好幾回小偷。

村裡沒有哪個孩子不想去搖通那一具電話的，然而老孟看管得極嚴密，沒見誰得逞過——頂多頂多，有人能蹭到話機旁邊，伸手搖那曲柄幾下。老孟不喝酒的時候，除了看管電話、不讓孩子們接近之外，似乎只有兩件事可做，其一就是到了每隔週週末下午，他便搖著串鈴，走在棋盤格子似的巷弄裡、挨家挨戶門外喊報：「看電影嘍！看電影嘍！」意思是說：當天晚上龍江街封街，跨馬路張掛起大白布幕，全村甚至村外的人都可以搬把小椅子、小凳子，坐在布幕的兩邊看免費電影。

搖鈴之餘，老孟會幹的另一件事，就是當他一個人的時候，總是拿一枝毛筆蘸著黃銅盒裡的墨絲，在舊報紙上塗抹些橫線、直線、斜線、大圈兒帶小圈兒……直到把一整張報紙圖畫得密密麻麻，才作勢吹吹乾，折疊成巴掌大小的方塊，收拾到「後頭」去。

就我來說，畢竟還是那一具黑得發亮，始終放在嵌入牆身的木架之上的電話，是最有趣的東西。在當時，那話機是一個極豐富的象徵物，它既是通往神秘世界的渠道，等待著被揭發或啟動禁忌的密碼，也是陌生遠方鋪向腳下的門徑，甚至——在某種被催化和誇飾了的想像力鼓盪之下，它還會帶來令人不安甚或危險的消息。當時流行的一句話：「當反攻的號角響起——」我總是幻想著：那號角必定是在老孟的串鈴襯托之下，打從話機之中傳來的。

我的肺炎痊癒之後不多久，老郭的三輪車報廢了，但是老郭並沒有消失，他不但領了一筆補償金，還轉業成了水肥隊裡的一員。只不過從此以後出入復華新村就不走前門巷子了，也不踩車子了。他頭上多了一頂竹條箬葉編成的斗笠，手上多了一根長柄鐵杓，肩膀上多了一根扁擔，扁擔兩頭各有一只木桶。隔三岔五的，老郭就這麼打扮著從我家後門更窄小的巷子裡鑽進鑽出，挑大糞。

有一天我聽見他和我爸隔著後紗門聊起來，聽見老郭說：「我這是神聖的一票啊，當然要投給周百煉的。」我爸後來老是跟朋友說起這事：「挑水肥的都說要選周百煉，可是選出來的還是高玉樹。」那是我平生第一堂政治課，我爸的結論是：「無論選甚麼舉，千萬別問人投甚麼票。」選高玉樹有甚麼不好呢？十多年之後，這個無黨無派的政治菁英不就成了深受執政黨倚重的閣員嗎？

那些年，投開票都在臨龍江街的復華幼稚園裡。高玉樹當選的時候，我已經是小學二年級的學生了。選後沒有多久的一個週日，我在幼稚園的蹺蹺板底下撿到一個五毛錢，這是天上掉下來的禮物。

當下搋起那銅板，經過村辦公室，我往裡看一眼，暗道：「你那電話有甚麼好稀奇的呢？」這是想說給老孟聽的。再往遼寧街走，看見了牛肉麵店，暗道：「還是吃不起你。」這是想說給瘸子老闆聽的。可是我知道我有五毛錢，而且我也決定了我可以用它來找個甚麼樂子——

從遼寧街右轉，直走到南京東路上，我拍打了一下那一座鑄鐵的綠色大郵筒，看看四下無人，搶步衝進行人道邊上的公用電話亭。我翻開黃色（特別強調：不是白色）紙頁的那一本號碼簿，找著了分類項目標註著肉脯店的欄位，隨便點了一家，撥號。

「喂？」

「豬肉店嗎？」

「是，請問找哪位？」

「你有豬頭嗎？」

「有啊。」

「那就趕快把帽子戴起來，不要讓別人看到了呀！」

我若無其事地掛回話筒，從原路往回走，發現松本西藥房對面新開了一家冷熱飲店，正在販賣一種我想都沒有想過的食物，叫芝麻糊，一碗也要五塊錢。「反正就是吃不起你」我跟自己說。一分鐘之後，我還沒走到村辦公室門口，發現前面兩個巷口都是警察。這一下我慌了，那惡作劇電話才掛下，就被發現了嗎？我猛轉身繞上遼寧街，往長春路狂奔了幾個巷口，再從光復東村那一頭繞回來。到家的時候發現我爸也像是剛從外頭回來的模樣。他往衣架上掛了西服外套，沉著一張臉對我說：「老孟拿菜刀把自己劈了。」

這件事應該還有些後來，像是鄰里間的少不了的閒話甚麼的。只不過我都不記得了。唯一有印象的是：據說南京東路電話亭旁邊那個大郵筒裡，老是被人塞進去一堆一堆的廢紙，只不過形式奇特。廢紙都有信封裝裹，裡頭放的則是墨染淋漓的舊報紙。寄件人、收件人、信件內容都像是鬼畫符。然而，知道這件事的人在老孟自殺之後到「後頭」去看過，發現老孟床下都是那樣不成字跡的書信。

也算是惡作劇。

# 新家舊家回家

我的老台北沒有一個固定的時間座標，它就在那兒——竹籬笆裡、磚牆外，磨石子的地板上。在「南京東路三段第四排」討論新家、舊家，是其中之一。

在台北市的另一頭，西南角上，西藏路大排水溝什麼時候加了蓋？我已經一點印象都沒有了。當初整個復華新村，還沒有遷離南京東路三段的時候，左鄰右舍的孩子們，總是計畫著要走一趟西藏路，看看將來我們的新家。

「要不要去新家？」孩子們總是這樣說：「要不要去新家看房子？」

新家，當然是相對於舊家的稱呼——雖然這麼說的時候，我們都還住在「舊家」裡面。

「舊家」的淵源，要從民國四〇年代中期說起。當時台灣各地都有這種軍眷聚落。少則幾十戶、多則數百戶;「復華新村」在南京東路和遼寧街、龍江街的犄角上,從南京東路往長春路的方向,有著四排日式連棟平房。孩子們如果要明確指稱某家的孩子,比方說:大毛、二毛、三毛……這種家家都可能起的小名,往往要這樣說:「第一排的二毛」、「第四排的小毛」。

「復華新村」和其它的眷村唯一的差別,就是它的成員不只是單一軍種,住家戶長都是國防部的文武職官,大多數都帶著幾個出生沒有一、兩年的孩子,搬進了這麼一個暫時棲身的家,一戶一戶捱蹭著,家家都有個小小的前院,院牆是竹籬笆,官階高、收入好、負擔輕的人家可以及早地拆除籬笆,砌上磚牆。

歷經多年之後,我們很難揣想眷村裡父母那一輩的人,在拆除竹籬笆、砌上磚牆的時候究竟如何作想?他們是感覺到剛搬進眷村來的時候,那幾句時興的口號沒效用了嗎?自家單位國防部總政戰部說好的呀:「一年準備,兩年反攻,三年掃蕩,五年成功。」

民國四〇年代中期，我剛出生。人們不再計較甚至也不再記得，到底幾時成功的年月。之後幾年，我漸漸能聽得懂人話，聽到父親、母親日常閒話說起來的「家」常是「濟南西關朝陽街剪子巷」那個家，他們稱之為「老家」。

至於我的老家，你可以這樣描述：它在龍江街口，也可以按著門牌說，那是遼寧街116巷52號，也可以說南京東路三段第四排。

我家的黑籬笆院牆，一直到我上了幼稚園都還是那樣。左右鄰居的媽媽們，偶爾來我家標會的時候，總會七嘴八舌地勸我媽：砌個牆吧，牢靠些。我媽總是笑笑：砌不砌的，就這麼著吧。後來磚牆畢竟還是砌了起來，乃是因為一場葛樂禮颱風，把全村僅存的所有籬笆牆，都吹到不知什麼所在去了。

官階高、收入好而負擔輕的人家，早就已經進化到另一個展示優越地位的階段，那就是把室內的水泥地，打上一層拋光的磨石子，外人如果要到這戶人家拜訪，在院子裡側的屋簷底下，就要換上拖鞋。每隔一段時間，或許十天半個月，還得打上一層亮堂堂的油蠟。講究些的人家，磨石子地面還嵌著長寬大約三尺的金線格子，有個鄰居孩子告訴我：他家磨石子地板上的格子線，是純金的。

到家裡來標會的媽媽們，開始七嘴八舌地勸我媽：打一層磨石子吧，又乾淨、也漂亮。我媽總是笑笑：打不打的，就這麼著吧。

後來，磨石子畢竟還是打了起來，還是因為一場瑪麗颱風，灌進一屋子水，父親決意從院子裡側屋簷底下為起點，把全家基地墊高。

生活越來越寬裕的表親很多——第幾排某家今天運來了大冰箱。第幾排某家今天運來了帶拉門、還配了把小鑰匙的電視機。第幾排某家敞著大門始終不關，走過的人都看見了，也都關心地問了：那是啥呀？是洗衣機。洗好的衣服往旁邊滾筒架子的縫隙裡一塞，拉柄搖幾圈，洗衣水就榨得半乾了，多方便啊！

冰箱、電視我們家跟上得也很晚，恐怕都要到我小學快畢業的時候。左鄰右舍的媽媽們，還是偶爾會到家裡來標會，但已經不再嘀咕怎麼提升各自的家境，她們有更積極、更偉大的目標：她們認為「復華新村」太破舊了。

回想起來，這事應該不是太太們發動的，甚至也不是她們那些在國防部辦公的文武職官丈夫們發動的。總之，嫌棄居住環境不夠好，應該可以稱得上是天賦人權吧。這一回，我母親完全贊成村中輿論，還特地在眾人的熱議中舉證同意：「這個住了十多年的宿舍實在太簡陋了，我們家春春頭幾天睡著覺，天花板掉下來砸了一頭。」可不是嗎！好好的天花板怎麼會掉下來呢？有人問，有人搶著替我、或者也是替我母親回答：「老鼠呀！還會有什麼呢？」

老舊眷舍改建計畫的發起，背後似乎有一個更大的經濟動因，村子裡畢竟不是天天標會，也不是經常借用我家舉行標會，許多風聞來去的消息往往在第二排、第三排傳了個遍，才逐漸流洩到第四排來。等我們這一群經常一塊兒玩耍、嬉鬧的孩子知道的時候，「西藏路」三個字已經成為全村子裏最熱門的話題，那是新家之所在。而為什麼我們會在忽然間，就有了那麼一個新家了呢？

我們第四排有幾個年長我四、五歲的大哥哥說得傳神：「我們現在在南京，把你發配到西藏，你覺得日子比較好過嗎？」

大哥哥們的議論，帶著一種堪與父執輩齊肩的老氣，他們皺著眉頭、咂巴著嘴、有的還叼著菸捲，像是直接參與了部裡的高參會議之後，回村子來轉述現場實況的神情，而且話說得既有頭有尾又沒頭沒尾：「操！就賣給國泰了。操！」

要到很久很久以後，我們都長大了，才明白大哥哥們的意思：國防部釋出市中心區的土地，高價賣給民間企業，再以其中部分資金，轉作老舊眷舍重建之用。「舊家」是這麼去的，「新家」是這麼來的。只不過，好像國泰不是最後的土地買家，我記得多年以後，南京東路、遼寧街、龍江街那犄角上，建築起來的是中華航空公司的大樓。

晚幾年出生的孩子們如我者，有幸對舊家沒有那麼多的眷戀，對新家卻有著莫名的憧憬。我們幾乎都期待著「住進公寓房子」。總覺得那大約是我們的人生中，最重大的一次提升了。

要到新家，得搭乘12路公車從遼寧街起站，坐到南機場底站，下車拐一個彎就到了。人人都說新家之所以會在西藏路，就是因為原本公共汽車的路線規畫之故，好像地球是為了圍繞著我們而轉的。

我們約好了「去看房子」的那天，房子還沒有完成。施作工人隨手揮趕我們，說是非常危險，我們便帶著捉迷藏和追蹤旅行的興味，和工人們玩鬧，還不忘了告訴他們：「以後我們就要來住在這裡。」

我希望將來能住在二樓，我希望將來能住在三樓，我希望將來能住在頂樓……是的，那年月、那年紀，我們都想住在高處。

爬上一棟臨西藏路、二十坪空間的四樓，我幻想著那一戶就是我日後的家，朝下俯瞰著還是大排水溝的西藏路，我大聲對著台北市南區的晴空叫喊著唱：「我家門前有小河……」

我並不知道：從那以後，我已經失去了真正意義的眷村。

我在新家有記憶的第一個夢，竟然是舊家。

小小庭院緊靠著磚牆處，是一株葡萄樹，枝葉蜿蜒曲折，攀上了花架子，撐過好幾年的大颱風，產出的葡萄還釀過好幾罈甜美的酒漿。

在葡萄架和屋簷之間，有一個木板釘製的雞窩，家裡養了七隻雞，有蘆花雞、來亨雞、還有一隻九斤黃，我給牠取了個名字叫小威力，小威力就是電視版《虎膽妙算》（*Mission Impossible*）裡邊一個大力士、健美先生，可見這隻九斤黃是很肥大的。雞窩旁的楊桃樹，從來沒有結過果實，即使在夢中，也只剩下枯枝散葉。就在那一刻，半空之中砸下來一塊三尺見方的天花板，我再一次驚醒了。

我的夢始終盤桓在庭院裡，醒來後越加困惑：為什麼我進不到屋裏去呢？說老實話：我甚至想念起當年竄逐於全村各家戶之間的老鼠來了。

然而，夢就是不讓我同舊家的室內，快五十年了。

# 父親與我的年節儀式

我的老台北沒有一個固定的時間座標，它就在那兒——在巷弄之間、年節氣氛濃厚的春聯底下。

說春聯，得要先說說書法。

打從小學三年級開始，書法成為一門課程，每週一堂，大約就是將衣衫書本弄得墨瀋淋漓，始為盡興。直到上了大學，進入輔仁中文系，才開始有了近似專業培育的書法課。

一九八八年春天，那一年我三十一歲，第一次踏上中國大陸的土地，第一次回到祖家，也是第一次見到我的姑父，書法家歐陽中石先生。那一年北京的春節，寒氣凜冽又漫長，大部分的時間我都在東四前拐棒胡同的家宅中向老人家請益；談京劇、談邏輯學、談文章、談書法。

爾後，每當我自己練起字來，就會想起一九八八年的北京，在那狹仄湫隘的書齋、臥房兼客室裡，姑父給我的兩句教誨——說是等我年紀大些，自當體會。姑父說的是：「活得越老、練得越勤，小時候犯就的毛病就越會來找你。」

想到小時候的毛病會來找我，就覺得好奇，但實則也一直不能進一步體會。直到二〇〇五年初，父親過世，喪事依遺囑一切從簡。葬禮之前，有幾天停靈之期，我推算時間，認為如果勉力為之，還來得及以大楷抄一部《地藏菩薩本願經》，好放在棺木中，一同過化。

於是便張羅了幾百張四尺對開大的生宣，一字一字抄去。抄到第二天，我就發現小時候數學沒學好的毛病，回來了：依照我原先計算的經書篇幅和抄寫進度，恐怕再增加三、五天都來不及，我所能做的只有加班，在不太影響字體美觀——起碼是工整——的要求下，排除萬事，夜以繼日。

寫到第四天，手肘已經幾乎懸不起來了，然而心情卻像是年幼時挨了訓斥，不肯服氣，寧可頑抗，鼓足一股不知從何處竄起的拗勁，始終不肯將就著放下手肘。但見紙面上的字跡逐漸迤邐歪斜，寫出一張前後肌理不暢、骨肉不勻的字，於是我索性扯去重寫，不料重新寫過的更糟！

姑父的話這時在耳邊響起：「活得越老、練得越勤，小時候犯就的毛病就越會來找你。」可是他沒說該怎麼對付，只告訴我：如果對付不過去，若非失之於油滑，就會失之於蠢笨。

直到第七天，告別式前幾個小時的深夜兩點鐘，我的手肘在剎那間輕了，毫尖也靈動起來，這是最後一張。當我寫完「盡此一報身，同生極樂國」，忽然明白過來，回頭跟空氣裡的父親說了句：「是你壓的，是罷？」

父親是第一個在意我是否把字寫好的人，他在意的程度，甚至到不能容忍我天生是個左撇子。他認為：左手執筆的人，不可能把漢字寫「對」。我仍然記得還在幼兒園裡，初學寫字的階段，他總訓斥我，要用右手執筆，我也總是趁著他不在身邊的時候，偷偷換成左手執筆。這樣的角力持續到我上小學，他再一次發現我暗中換手之後，忽然嘆了一口氣，說：「我看你往後連副春聯也寫不上了！」

據說我祖家大門的一副對子是請雕工給刻的，長年掛著，一到臘月底，卸下來朱漆雕版墨漆字，重新漆過，煥然如新。聯語從來就是那麼兩句：「忠厚傳家遠，詩書繼世長」。

父親來台之後，配舍在眷村之中安身立命，不好意思立異鳴高、作風弄雅，便改了字號，委託他人寫來：「一元復始，萬象更新」；有時下聯也寫作「大地回春」，裡頭有我的名字。我最早認識的大約就是這十二個字。

在還沒有上學認字之前，父親總是拿這些個字當材料，一個字配一個故事。多年下來，我只記得「象」的故事，大意是說，有個善射的獵戶，受一群大象的請託，射殺一頭以象為食的巨獸。那獵戶一共射了三箭，前兩箭分別射中巨獸的兩隻眼睛，第三箭等巨獸一張嘴，正射入牠的喉嚨。此害一除，群象大樂，指點這獵戶來至一片叢林，群象一捲鼻子拔去一棵樹，拔了一整天，林子剷平了，地裡露出幾萬支象牙來。這算是那大象給獵戶的禮物。

說這些故事的時候，多半是走在路上。過年期間，父親牽著我，在縱橫如棋盤的巷弄之間散步，他帶我到處走走、欣賞不同人家門前的春聯，已然猶如一種不可免除的儀式。

有一年，他領著我搭了不知幾趟公車，又走了不知多少巷弄，來到一所大得不能形容的日式庭院外頭，我們站在門口端詳那一對春聯，「咀嚼甘甜思苦節，融溶白雪綻青春」。父親點著頭，開口大笑，又低下臉跟我說：「好聯！好聯！」當下，他好像並不知道也不在意：那兩條紅紙上，我有一多半的字根本不認得呢。接著，他才一個字、一個字教我辨認，解說意思。

接著，令我大為驚訝的是，他居然上前按了門鈴，不久，有人來開門，把我們迎了進去，讓我們在一個小房間裡換了拖鞋——還真有合我的腳的小拖鞋——再不多時，圓圓胖胖的主人出來了。父親和他互道恭喜，又讓我給主人拜了年。

對方要給我紅包，父親堅決不收，說這就誤會他帶孩子出來拜年的意思了。他帶孩子出來拜年到底是個什麼意思呢？他從來沒跟我說過。但是日後回想起來，至少其中的一個意思，應該是巡看巡看各家門口有意思的春聯。

父親和那主人就他家大門兩邊的春聯說了老半天，提到了好幾個名字，至於那圓圓胖胖的主人，我一直不知道名字，只知道他是白雪公主泡泡糖的老闆。那年我五歲，父親告訴我：春聯不只是自己家張掛的好言好語，也是給朋友、給鄰居，甚至給即使不認識的路人的祝福。

等我唸了小學，不知道幾年級上，自家大門口的聯語換了，成了「依仁成里，與德為鄰」。父親解釋：這是讓鄰居們看著高興。就我所知：沒有哪家鄰居會注意到我家大門邊寫了些甚麼。

但是我注意到一個細微的變化：日征月邁，歲時奄冉，父親同我再閒步於里巷之間的時候，竟不大理會人家門上新貼的對聯如何了。有時我會問：「這副字寫得怎樣？」或者：「這副聯的意思好嗎？」父親才偶一掠眼，要不就是說：「這幾個字不好寫！」要不就是說：「好聯語難得一見了。」

一九七一年，我們全村已經搬入公寓式的樓房，八家一棟，大門共有。那時我們父子倆幾乎再也不一起散步了。有一年熱心的鄰居搶先在大門兩邊貼上「萬事如意，恭喜發財」。我猜他看著彆扭，等過了元宵才忽然跟我說：「趕明年咱們早一天把春聯貼上罷。」

這年歲末，父親遞給我一張紙條，上寫兩行：「水流任急境常靜，花落雖頻意自閒」，中間橫書四字：「車馬無喧」。接著他說：「這是曾國藩的句子，你給寫了貼上罷。」一直到他從公務崗位上退休，我們那棟樓年年是這副聯。

父親退休那年，我臘月裡出國，到開年了才回家，根本忘了寫春聯這回事。這一年大門口的聯語是我舅舅給寫的，一筆剛健遒勁的隸書：「依仁成里，與德為鄰」，橫批是：「和氣致祥」。

我問起父親怎麼又鄰啊里啊起來，他笑著說：「老鄰居比兒子牢靠。」我說這一副的意思沒甚麼個性，配不上舅舅的字，父親說：「曾國藩那一聯，做隱士之態的意思大些。還不如這一副——」說著又掏出一張紙片，上頭密密麻麻寫著：「放千枝爆竹，把窮鬼烘開，幾年來被這小奴才，擾累俺一雙空手；燒三炷高香，將財神接進，從今後願你老夫子，保佑我十萬纏腰」，橫批是：「豈有餘膏潤歲寒」。

我笑說：「你敢貼嗎？」

父親說：「這才是寒酸本色，你看看滿街春聯寫的，不都是這個意思？還犯得著我來貼麼？」

回首前塵，想起多年來父親對於寫春聯、貼春聯、讀春聯的用意變化，才發現他的孤憤嘲誚一年比一年深。我現在每年作一副春聯，發現自己家門口老有父親走過的影子。

# 成功高中101班

我的老台北沒有一個固定的時間座標，它就在那兒——
在濟南路一段，成功高中課堂裡、教室外，以及那些稚嫩的臉龐。

我和很多朋友談起高中的時候，總會想起這兩條街，一條是濟南路，一條是林森南路，這兩條路交叉的口上有三個學校，一個是我所就讀的成功高中，對面是台灣大學男生第四宿舍，成功高中的斜對面就是開南商工，我在濟南路、林森南路的交叉口的冰店裡，曾經和開南商工的人狠打了一架，打完之後就開始覺得我需要練拳了。

後來，我和家裡讀高中的孩子閒談，說起這個剛開始的求學階段裡同儕多樣性的重要。一不小心，話題就轉入了我四十多年前在課室一角的封閉記憶。

在那裡，沒有甚麼重大的事件，只有幾個名字、幾張臉孔——嚴格說來，也可能只顯示了我高中生活的幾個片刻。

那個班級編號101，在一排低矮老舊建物的最南端，突出於課室門楣旁邊的綠底白字木牌是我和所有新同學相互結識的重要媒介——我總在下課時間把它從掛鉤上踢下來，贏取陌生同學讚嘆的眼神，這些陌生的同學也不吝給我掌聲，或者向我介紹一些可敬的對手。我在成功高中所聽到並印象深刻的幾個名字之一，「孫鐵漢」，據說是103班的。

告訴我「孫鐵漢」三字的是坐在我左前方的項迪豪，他和孫鐵漢都是跆拳社的，據說那鐵漢雖然踢得並不高，但是「出腿很快」。項迪豪和坐在他後面的葉常仁似乎有某種遙遠的親戚關係，又都是台北東區某貴族中小學的畢業生，溫和穩重，斯文有禮，連冒青春痘都十分嚴謹節制，寥若疏星，渾身透露出一種高級公寓裡才養得出來的白皙氣質。葉常仁每每基於鄰座之誼、在我飛踢班級牌的時候高聲鼓掌——我第一次發現，看上去如此細緻柔軟的手掌，居然發得出那樣驚天動地的聲響；有些時候，我還真是為了聽他那出奇爆裂強大的掌聲才模仿李小龍的。

我和葉常仁、項迪豪都是李小龍迷，我告訴他們：李小龍所獨創的截拳道另有淵源，叫作「跌拳道」——「跌」字是我好容易從字典裡一筆一劃查找而來，字形接近韓國國粹的「跆」，字義則是急速奔跑，比起「跆」字的「躍起、踢出、落下」又顯得詩意而大方。我告訴班上的同學們：跌拳道是一門古老近乎失傳的武術，比跆拳道久遠，比截拳道實用；為了取信於人，我還掏出了一張印有「中華民國跌拳道推廣協進會」單位字樣的名片。那是南機場專印名片喜帖的小商家給印的，三盒花了我五十塊錢。

可是居然有人不認識李小龍，他叫曾國榮，來自一個我從前沒聽過的地方——後龍；有一天他在我身後猛可冒出一句：「李小龍是誰？」的時候，我驚呼出聲，轉回身去，請他再說一遍，他就又說了一遍。我再問曾國榮鄰座的呂志良——一個來自新竹、生得劍眉星目的大帥哥：「他不知道李小龍呢？」呂志良挑了挑眉毛：「所以呢？」

所以我立刻被右鄰座的魏銘琦記了一筆。魏銘琦是本班風紀股長，兩年後甚至幹上了畢聯會主席。我們十八歲之後，我再也沒有見過他，但是想起他來的時候總覺得他沒有從政——尤其是跟立法或執法有關的政治事務——真是太可惜了。

魏銘琦是帶著極為強烈的恥感勉強進入成功高中就讀的，他從大同國中畢業的時候應該已經混過「學而」之類的補習班，非第一志願不足以顯名聲以揚父母的那種勢頭；這是為什麼他的書包蓋子一掀開，內面就有端楷毛筆的兩行對聯。字句究竟如何，我已經不記得了，大意則是：記取教訓、洗雪恥辱、考上台大。

他可能認為，我就是進了成功高中居然沒有恥感的那種麻木不仁的人，又或還是導致他將來不能雪恥的害群之馬。基於地利之便，他經常能夠就近觀察到：

我在上課期間，總是和葉常仁談日本摔角、和項迪豪談孫鐵漢的腿長、教曾國榮認識李小龍，以及和呂志良有一搭、沒一搭地學兩句客家話。魏銘琦用劃「正」字的方法，記下我上課講話的次數。

我們的導師胡達霄是國文科教員，日日西裝革履，手提007皮箱，戴一副深色方框墨鏡，上頂波浪狀大油頭一包。這一天下午班會時間他進了教室，007順手往講桌上攤平，摘下墨鏡，說：「剛軋進去一張票子，二百八十萬。」我們都知道，那二百八十萬不是高中國文教員兼班導薪水，而是胡達霄兼差開一家名為「南強」的電影公司業務所需。至於「南強」拍些甚麼片子，胡達霄從來沒有說過。這一天他報告了軋票子的數目之後，右手朝我一戟指，左手插腰，用他那帶有濃重浙江口音的柔軟國語道：「張大春！站起來——說，你自己說，今天上課講話幾次？」

我悉心回想了很久，真感不勝負荷，老是記不得某個話題到底是第十一次的時候說的，還是第十二次的時候說的。胡達霄卻再也忍不住了，斥道：「三十二次！你一天上課講話三十二次！你有幾張嘴啊？」

回首我的高中生涯，我總是從這幾張臉開始，也到胡達霄的那幾句問話暫停。我有幾張嘴呢？真是個耐人尋味的好問題。一張嘴的確不夠使喚，我的高中時代——不是雪恥考好大學的競技場，我也當真沒有一點恥感，這是我離開暖房一般的私立中小學、開始接觸到各色人等的最初記憶，是那樣俯拾皆是令人意外的異質。雖無可道之迹，卻有不滅之痕。

是的，我承認，我從來沒真敢跟孫鐵漢較量。倒是後來有一次，我果然把101的班牌踢缺了一角（真相是木牌摔落水泥地面的撞擊所致），這事沒有人說出去，連魏銘琦都沒有。

方才說到了李小龍，然而屬於李小龍的時代所幸不長，否則千千萬萬血氣方剛的少年在模擬他們的偶像之際，還不知道會闖出多少拳腳禍來。

那年我唸高二，先後在幾個不同的武道館和社團裡學過跆拳和國術，由於手腳生得長些，對拆過招的時候往往佔了些便宜，經常以一種混合了「後旋踢」和「鴛腿」的下盤長攻克敵制勝；於是我自創拳路，手繪拳譜，還悄悄地收過幾個徒兒，號稱是中華民國跌拳道協進會的首席教練。

既然好為人師，就不得不苦練幾門獨家絕學。當時只要一下課，我就可以在後院的竹籬園子裡架起七尺高的充氣靶球，專攻連環腿。一、兩個月下來，居然可以單腿作軸、繞著靶球連打十幾記飛腿。李小龍說過：「練武的人什麼不多，破褲最多。」我有十幾條綻線開襠，縫了又補的破褲，真一世之雄也。

真正得意的不是破褲，而是我還有一票觀眾。每當我苦練連環腿的時候，竹籬外就會聚來一批揹萬華國中書包的孩子，有時指指點點，有時議論紛紛，有時還會鼓掌叫好。他們大多數出身附近的南機場公寓，和我們這些新近搬遷到此的眷村子弟之間常有一種怒目對瞄的緊張關係，但是每當我束起黑腰帶、穿上功夫鞋，大步跨進那棟五層樓的公寓社區去買綠豆、醬油或麵條的時候，我都隱隱然感覺得出：那些曾在竹籬外窺伺過我的目光依舊環伺在側。

不久，果然來了這麼一個傢伙，個頭兒比我稍矮些，一身精壯虬結的肌肉，光看肩膀上那兩、三塊三角肌就知道：是個練家子。不過，他是來向我學拳腳的。

可我想得還深些：難說他不是南機場那批鬼鬼祟祟的傢伙派來探我的底的。偷學武功之後欺師滅祖的事經常在江湖上發生，不得不防範則個。但是人家登門求教，若不指點幾招，又嫌小器。我左思右忖好幾天，終於答應他在某個週末的晚飯過後和他切磋切磋，地點就在竹籬外一片閒置著幾千輛從越南戰場上報廢吉普車的空地上。

一見面我就告訴他：要跟著我學，得隨時提防著挨揍，我不定什麼時候就出手，他唯唯以應。我遂在前面領路，帶著這個形跡可疑的徒弟往空場子走去。那得跨過一座小木板橋，橋下是看守這批吉普車的大頭兵挖的一條戰壕似的坑，我前腳才過橋，後腳就撐出去——那可是連瞄都不用瞄了，因為他一定在橋中央，登時一記後側踢正中門面，他翻身下坑，流了一臉鼻血，我忽然有些不忍，但是又覺得奸細該受懲治，正猶豫著，他卻抬袖子擦血仰頭對我說：「是我忘了你說的話，下一次我一定小心，對不起！對不起！」

我們的交往就是在這種隱隱然含有敵情意識的氛圍下展開的。他怕我再度猛然出手，我則怕他學成反噬。但是我們所怕的事情沒有真地發生過。漸漸地，我淡忘了「本村子弟」和「南機場混混」之間那種因為陌生而設想出來的緊張對立關係，也不再把這渾身肌肉的小子想像成什麼奸細或假想敵了。

直到兩年之後，我已經上了大學，久不習武，並開始談戀愛。忽然有一天，我再走近那公寓社區，迎面圍上來幾個小伙子。定睛一看，他算是為首的。我驀地一驚，頓時想起年少時每天憂心忡忡被「克爛飯」的噩夢。而他好像又比以前長高了不少。他搶前衝上來，兩手狠狠朝我的雙肩一拍，露出兩排白森森的牙齒，隨即回頭道：「他就是我師父張弓。」

我從來沒對他講過真名，總說我叫「張弓」，他喊「張弓」時我就暗爽地聽成「張公」。這小子不等我回過神來就說：「上個月我得到全國拳擊賽蠅量級冠軍一直沒去謝謝你，真不好意思。」我一愣，臉上的表情大約還僵著，至少他身邊那幾個橫眉豎眼的還挺威脅人。「他們，」我們的拳王靦腆地說：「是跟著我練的。」一面說，他突然飛起一腳，右側踢帶鴛腿，正踹在一個小子的肩窩上。

這一下沒完沒了了。

# 台大門前，榜單之外

我的老台北沒有一定的空間坐標，它有的時候是——
在新生南路和羅斯福路的交叉口，最高學府台大的門前。

說來悽愴，不是台大門裡、不是椰林大道的漫步、不是傅鐘二十一響、不是醉月湖，而是台大門前。那裡是我目睹自己學科成績低落的所在。千萬不要誤會我說的是四十年前的「大專聯考」我考不上台大，不，還不到那個程度；我說的，其實只是高中聯考。

那年我剛滿十五歲，才從一個以管教嚴格、督學認真著稱的私立大華中學畢業。熬過了高中聯考，和同學們相約到台大門前看榜。

彼時放榜的形式不止一端。家中若有子弟應考，人們總會在每年固定放榜的那一天打開收音機，聽放榜。要是怕聽著聽著聽漏了，也可以等到第二天一大早買份早報，北區高中聯招會會出一份號外，各大報統一發佈。要是等不及到第二天，也可以在發榜這一天的下午，親自到幾個特定地點去看榜。台大門前口就是其中之一。

這就要回頭先說說我就讀的初中，大華。那是我求學生涯之中最痛苦的一段經歷。五、六十年前的私立中學，有許多不同的面目。大華中學的創辦人兼校長方志平是一位女教育家，在讀初中還需要考聯考的時代，獨力獨資興辦一所包括小學和初級中學的學校，方校長的確有她非比尋常的魄力和毅力。她明明白白地告訴那些將通不過初中聯招而即將失學的子弟送入大華的家長說：「我這裡就是要破銅爛鐵煉成鋼！」「破銅爛鐵煉成鋼」正猶如校訓「以己譽為校譽，以校譽為己譽」，而破銅爛鐵要如何打造校譽呢？那就是要考考考。

響亮的口號，打動了每一個來此間寄託人生希望的家長和學生，他們在初中聯考戰場上的失敗以及恥辱會在三年後得以洗雪，方校長和她優質的教學團隊擁有卓著的名聲。那些考不上大同中學、成淵中學的孩子們一點也毋須擔心，你們的學業成就，會在三年後高中聯考的時候揭曉。

到了我唸初中的一九六九年，已經實施九年國民義務教育，廢除了初中聯招，照說人人有初級中學可以唸，不必憂心失學了。可是我的父母不是這樣作想。他們寧可在家用上節衣縮食，務必要送我進入學費昂貴、管教嚴格的私立中學——他們信得過方校長。

然而，三年後剛滿十五歲的我站在新生南路羅斯福路口的榜單前，掉下了眼淚。

我並沒有「落榜」。但是，那榜單上的「失敗」究竟是怎麼一回事呢？讓我換一個方式說吧。大華中學三年信班有六十個同學，我的座號是二十五，這個號碼的意思是全班六十人，比我學業成績高的有二十四個。不言可喻：我大約就是個中上水平。然而查榜的時候我赫然發現：和我同窗三年而學業成績在我之前的二十四位同學通通考進了最理想的建國中學，原本在我後面直到二十八、九號的幾個同學也都在第一志願之林，中間只有我，是第三志願成功高中。

和我一起看榜的「第一志願」們紛紛安慰我：不要緊的，沒有關係的，三年以後台大見吧！

我在那三年之間，每每到台大正門對面巷子裡的東南亞戲院看二輪電影的時候，總會趁開演前後的空檔時間晃到羅斯福路上，遠遠望一眼台大校園裡高聳入雲的椰子樹，覺得那是距離我最遙遠的一種植物。

三年以後的我，並沒有如約進入台大，我的聯考志願單上只填寫了十二個志願，通通都是中文系，我考進了輔仁大學的中文系，這話就要往後跳著說了。

多年以後，我在一位詩人（南山子）的部落格讀到一則貼文，略謂：張大春碩論《西漢文學環境》，嘗攜醇酒，應台大博士班面試，既入則置酒案上，凡所問詞采湍飛，大抒胸臆。比出，將復掖酒去，座主怪而問之，春乃徐作聲曰：「請翻拙作某頁，夾紙有字云：『若讀至此者，易某X.O一瓶』」。

這是一則有趣的傳聞，我在很多地方聽到過，卻不知已經成為典雅優美的文言文筆記內容。拜讀之餘，還是不得不澄清。這是個謠傳。故事源出於一位美籍漢學家Christopher Lupke在美國的見聞。

Dr. Lupke 還是個留台學生的時候，跟我說了那個故事，主角人物是個準博士生。大概是想藉機會對學院傳統嘲誚一番，在博士口考的那天，這位準博士生帶了一瓶 Chivas Regal 威士忌應試，順手就將酒放在桌面上。答辯已畢，他拎起酒便要離開。眾口試委員皆不解其意，遂有一人問道：「你帶了這瓶酒來，是要去慶祝通過口考嗎？」這位新科博士生答道：「喔不，我想諸位老師並沒有注意到，在我論文的第七十六頁有一行字。」老師們趕緊翻看論文，就在七十六頁的內側，的確有一行手寫的鉛筆字跡：「任何一位先生讀到此頁都可以向我索取這一瓶 Chivas Regal。」

對當時還相當年輕的我來說，這個看來不該引起「後來如何」之問的小場面應該足以形成一篇小說結局的敘事張力，問題只在彼時台灣還沒有多少人知道這種牌子的酒。我便將之改成X.O白蘭地，以第一人稱敘事，發表了短篇小說〈七十六頁的秘密〉。小說裡的豪傑身段，非我所敢當者也。

三十八年前，台大博士班的入學筆試我沒有參加，說是怯場也好，說是發顛也好，總之，讓我的碩論的指導教授、也是當時任台大中文系主任兼所長的葉慶炳先生非常失望。他在稍後幾日舉行的博士班入學口試的那一天早上，親自打電話把我叫起床，溫和而略透嚴厲地說：「你筆試不來，我也就不追究了；但是口試不來，實在對不起辛辛苦苦讀你論文的老師們。」我衝身下床，胡亂穿了衣服，搭計程車飛奔到台大——口試委員都已經環坐在會議廳裡了。

他們是龍宇純、張以仁、廖蔚卿、林文月、梅廣、丁邦新和張亨等七位老師。在爾後的近三十年間，除了參與文學界的某些活動時與林文月老師還見過幾面之外，其餘諸位我再也沒有拜識過——當然也就沒有機會向他們表達我衷心的歉意——我是欠這些老師們一個非常嚴肅的道歉：畢竟口試當天我遲到了，那一次遲到是徹底的、無法彌補的辜負。

就我個人的經歷而言，七位教授都很認真地讀了我的碩士論文和研究計畫，也給予了很多寶貴的指導，但是我當然不可能考上——只拿了四十八分（應該是沒參加筆試的結果）。這個分數大概是自從台大博士班興辦以來的最低紀錄吧？當時是我自己考不上，更不能因為一篇來自道聽途說的材料所寫成的小說而冤枉了老師們。

我遂寫下了這一首詩，還自斟自飲，乾了一杯賠罪的酒。

徑迷黌宇下清門，樹底安身藤挂猿。
未省浮波呼嘯意，已收空谷霧霜痕。
衣魚瘦死功名薄，墨瀋乾餘謠詠喧。
仗酒青春辜負老，一杯慚愧和聲吞。

# 電影街與公車起站

我的老台北沒有一定的空間坐標——但是它和電影連在一起的時候，並不只是後來的武昌街行人徒步區而已，甚至在還沒有規畫成行人徒步區之前，它可以延伸到中華路，從北門到小南門。跟著公車的路線往西，就會來到南京東路三段、遼寧街，那是我的家。

我和電影的接觸歷史在一開始的時候並不是怎麼愉快的。在模模糊糊的一點印象裡，似乎總是父親或者母親其中一人抱著我在黑暗之中匆匆走一段上行的台階，之後掀開一面厚重的布幕，再打開一扇沉重的門，頃刻間大放光明了，我看見了寬敞的廳堂、明亮的吊燈，以及三三兩兩打從身邊經過的真實人物，才忽然覺得世界回復了原本的樣貌，於是，才停止了哭泣。

是的，我就是那個一定會在電影院裡放聲大哭的小孩，總要等到父親或母親把我哄得睡著之後，才可能重新回到座位上，繼續觀賞著不知從何處接起的情節。父母親帶著我一起進電影院的次數不太多，但是這樣從黑暗中逃離、在睡夢中重返的情況從無例外。母親曾經問過我幾回：「究竟害怕些什麼啊？」我總記得我回答不出，但是腦海裡卻浮現出一幕相同的情景：一個打著赤膊、駕著馬車的金髮壯漢被另一個打著赤膊、從駕車座上飛身而起的金髮壯漢衝倒在路邊的水溝裡。他們激烈地扭打，我開始嚎啕大哭。

並不是每一部電影裡都有相互衝撞扭打的金髮壯漢，不過嚎啕大哭、以及爾後的逃離、安撫、入睡到不知什麼時候……是必然的結果，我只記得有一次再度睜開眼睛的時候是在父親的肩頭，周圍是公共汽車上昏暗的燈光。

無論如何，搭乘公車去西門町看電影的前半截卻一向是快樂無比的事。年幼的我似乎總是忘了先前曾經被黑暗之中任何投影在大銀幕上的情境驚嚇而哭泣的經驗。在模糊的記憶中，只要是誰說起來：「去看場電影吧？」母親就會給我打上一身美琪藥皂的泡沫，洗個熱水澡，再塗上一腦袋脖子的痱子粉，之後就是牽著父親的手去搭「12路」公車。

「12路」和「25路」公車共用一個起站停車場，就在遼寧街和長春路口上。人們稱之為「起站」的所在，就是四面砌著灰磚牆的一個碎土石地面的敞地，隨時停放著十幾輛掛著「12」、「25」字樣的公車。發車口有一條勉強可以遮擋小雨的、帶著頂蓋的廊子，廊下有一面公告欄，上面貼著幾張當天的報紙，以及印有彩圖或劇照的電影海報。

父親總是指著那樣的海報跟我說起他和電影最初的邂逅：「那是在台中開小鋪的時候。」

父母親在一九四九年夏天初來台的時候，從基隆下船，聽說有些山東濟南的同鄉在台中，便也到台中暫住。他們沒有想到這一程走去，居然待下來，而且一待就是四年。

據說那是一個叫「第一市場」的區域，父親和他的同鄉朋友們集資合股，開了一家小雜貨鋪。

雖然說朋友之間彼此有了照料，興來把酒縱談，在三十上下的年紀，似乎還算得上是一番壯遊、一場際會。不過，小鋪營生，錙銖必較，用父親後來在日記上的註腳來說，就是「困煞豪傑」。唯一讓他覺得有趣且大開眼界，就是看電影，而且是美國電影。

據說「第一市場」附近有好些戲院，隨時都有首輪進口好萊塢電影可看。然而買票進場，所費不貲，對於小鋪店家而言，還是一筆出手時會縮手的花銷。可是父親有了主意——

在「12路」和「25路」公車站牌旁的公告欄底下、電影海報前，父親眉飛色舞地告訴我：他在台中看了三、四年的美國電影，幾乎天天看，看重了也無所謂，重著看就當是學英文。然而如何辦到的呢？

父親先以毛筆端楷，寫了十多封一式一樣的信，收信對象就是那些放電影的戲院，書信內容則是宣傳小鋪地理位置如何衝要，往來行客如何密集，歡迎戲院前往小鋪門前張貼當期放映的電影宣傳品，不拘大小，來者不拒。這不是空話，父親當真親手在小鋪正門外搭建了一個帶頂蓋的公告欄，他指著起站圍牆外的公告欄對我說：「和這個——差不多吧？」

果然，有張貼電影廣告需求的戲院即時而至，而且顯然不約而同地給父親送上了可以讓他一天到晚看不完的招待券。我是這麼認識埃絲特威廉斯、貝蒂戴維斯、畢蘭卡斯特、傑克李蒙……的。

遼寧街和長春路口的公車起站有著說不完的回憶，那裡恐怕也是我關於「如何簡明扼要勾勒故事大意」最早的課堂。

當我不再為電影院裡的黑暗、以及黑暗之中僅有的光影所展現的動態畫面而驚恐的時候，應該已經上了小學。至少我還有一個鮮明的印象，也是一場嚎啕大哭——父親有一天下班回家，提早吃飯，一面吃一面說：他飯後馬上就要出門，而且不告訴我去處。我當然不依，應該是我鬧騰得太兇，最後他還是說了：他工作的國防部送給職員們一張招待券，他得去看電影，放映的是《梁山伯與祝英台》，但只有一張招待券，沒有我的份兒，我只能大哭作罷。這一場哭，可以說明我實在愛哭，也實在不再害怕看電影了。

我入學是在一九六三年，週六只有半日休閒，按家規是溫書寫作業，只星期天可以有休憩活動。父親一向給我三個選擇，其一，是去圓山的動物園和兒童樂園。其二是木柵的指南宮或中和的圓通寺爬山。其三是一場電影外帶中華商場清真館的一頓外食——點餐內容從來沒有變過：總是二十個牛肉餃子、一碗蘿蔔絲湯。我永遠記得父親不止一次地說那跑堂的嘴臉不好看，一定是我們點的東西太少。接著他就下結論：「可是咱們吃不起也沒有辦法，你說是不是？」我說：「是。」他說：「沒有辦法。」

我直到多年以後回想起來，才意識到自己開始懂得看電影、喜歡看電影甚至習慣進電影院之後，母親就再也沒有和我一起進過戲院了。

「戲院裡黑燈瞎火的，我懶得去，要看在家看電視，還近，看得清楚。」儘管我和她都不信這話，然而母親卻是認真的。我後來養成了一個習慣，在外面無論看了一部什麼電影，回家來總要把個情節大意說給她聽，什麼人遇到了什麼人，發生了什麼事，經歷了什麼懸疑、驚奇，以及經由什麼努力、又解決了什麼樣的問題，母親大部分的時候顯得心不在焉，經常一邊聽著、一邊還打著麻將。然而，她都記得我所說的情節，有時候還會取笑我：「看到哪兒就哭著不要看了呢？」

父親的晚年仍舊愛看電影，也多是在家裡的小螢幕上看，我常和他說起進戲院看大銀幕，他竟然會說出像什麼「Panorama」甚至「Cinerama」之類的專業術語，之後哈哈大笑，然後搖搖頭，說：「看得再逼真也沒有什麼意思，現在那些做戲的人，我都不認識了；我認識的，也都差不多沒有了。」

時間過得很快不算什麼，時間過得悄然無聲卻很可怕。我現在跟孩子說從前我搭乘的12「路」公車、25「路」公車，他們都不知道為什麼量詞用「路」字。幾路幾路，不就是公車的單位用語嗎？早就不這麼說了嗎？為什麼我記得並不多久以前，父親領著我去看電影的時候，在「起站」的廊子底下像打謎語似地問我：你猜為什麼我們的公共汽車沒有「8路」？

答案居然是：如果真有「8路」公車，我們是不是會說：「8路來了！」或者說：「8路什麼時候來啊？」或者：「我等8路啊！」這——當年的「八路軍」，不就是後來的解放軍嗎？

父親說著，笑著，不像有什麼害怕的意思。

# 麥田咖啡，安和路，還有那些剛起步的人

我的老台北沒有一個固定的時間座標，它就在那兒——在麥田咖啡、安和路，以及那些模糊的未來與等待。

聽說過四年級、五年級、六年級、七年級，或者是八〇後、九〇後、X世代、Y世代……這些名詞吧？我第一次看到這種分別世代的說法，是出於趨勢專家詹宏志的文章，但他用的字眼是「四字頭」（民國四〇年代出生）。雖說率先拈出，卻也沒有因此成為習慣。直到十多年後的二十一世紀初，無論什麼場合，你都會聽到有人說「那些四年級的」，此時，不只是「字頭」變成了「年級」，「四字頭」的人也已經變成「他者」，帶些令人感覺礙眼、討厭、怎麼還不走開的味道。

四字頭的混到八〇年代才當兵算是晚的了。我是在一九八三到一九八五之間當的兵，那種很「涼」的教官差使，幾乎每週三和週末都有假可放；一放假我就去麥田。

麥田，咖啡館、唱片行一半一半。在我們那一代人看，「麥田」二字毫無疑問是一個世代的標籤，大約就是我們出生前幾年初版的《麥田捕手》，恰恰在我們兒童到青春期的時候有了中文譯本。看到麥田二字，你若不會想到麵粉或威士忌，而是想到捕手，那麼，你就差不多是「四字頭」了。

麥田當時有詹宏志、陳雨航、陳正益、吳正忠、李壽全、羅大佑、陳栩椿、王克捷、蘇拾平……等十個股東，這些人有的在出版社、有的在報社、有的在唱片公司工作。他們都有正職，比方說當編輯、美工、音樂製作人，甚至在那些名字裡面，還有當紅熾熱的歌手。這一群四字頭而比我年紀稍長的傢伙，當時都三十出頭，都沒把「麥田」這字號當事業來辦，也沒辦了一、兩年，大體而言，就是盤下了個在國泰醫院後方、安和路上，一分為二的店面，賣錄音帶（以及剛開始當令的CD），以及我一杯都沒喝過的各式咖啡。

我從部隊裡放了假就來麥田混時間，自朝至夕，自昏至夜，好像在等待著什麼發生，而什麼也沒有發生。

一推開麥田的玻璃門，我總是說：「聽說你們這裡最好喝的是台灣啤酒。」跟我一起喝台啤的是個美國學者 Tom Wilson，專研中國歷代孔廟的從祀制度（從南到北各地的孔廟裡邊，那些配享在孔夫子身邊的人，當代的學者、聖賢，究竟是一個怎麼排名的次序）。我們很快地結交了來自不同地面上的朋友——有些原本認得，有些從未謀面，有些時聞其名，有些一見如故。無論如何，時時隔桌喧呼，好像也沒什麼正經事，但是無意間，我們好像都在創作著一點東西。

張艾嘉的《忙與盲》專輯，是在進門右邊第一張方桌上談出來的，桌邊激烈爭論現代女性生活與情感的是女作家袁瓊瓊，還有剛得了時報小說首獎後來長期投身工人運動的吳永毅和我，當時我們是作詞人，但是我們都得聽初任製作人的李宗盛裁示「專輯唱片的概念」，而當時的「概念」比歌還重要。

進門左邊第一張方桌椅背上一度掛著羅大佑忘了帶走的黑皮夾克，不過很快地，夾克就被畫漫畫的老瓊接手穿走了，不過誰也沒計較過。老瓊自己忘在桌上沒帶走的是Pink Floyd的《The Wall》VHS錄影帶，當天晚上被我順手帶回家，也不記得日後還了沒有。

對我而言，最不計較的一個經驗是潘越雲的一首歌：〈一片海洋〉，幾瓶啤酒下肚，我只寫出開頭兩段，就得回營點名去了。只好用圖釘把草稿釘在公告欄上，寫明「李宗盛收」。不知道多久以後，發現這首歌竟然已經問世，兩段歌詞，後面是一連串的「啊！一片海洋」很好聽——即使我的故事根本還沒開始說呢。

於我而言，在麥田裡，貫穿著這一切瑣碎的青春風景的，是大鬍子李壽全。是一九八五吧？我臨退伍，聽到滿城人在風靡《青春差館》就自覺老透了。等待的時光中不免心緒浮躁，也帶著些即將失業一輩子的惶恐，我只有在麥田會覺得稍稍寬心，因為在這裡混的傢伙好像都沒有什麼正業，也幾乎都跨過了三十歲的門檻，而我，還差兩年多——儘管孤魂野鬼吧，畢竟還有些前輩。這是為什麼後來的歌詞裡會出現：「三十歲，我的職業是自由」這樣的句子。

當時導演萬仁正在拍《超級市民》，李壽全負責音樂和主題曲，他不在乎我只寫半首歌就算交卷的前科，很認真地在麥田最裡面的一張桌子上跟我說：「你先聽一下Bruce Springsteen。」

在前一年裡，Bruce Springsteen剛剛頂風撞擊瑪丹娜的〈Material Girl〉，發行了他的大經典《Born in the U.S.A》。我在隔壁唱片區拿了兩張，其中一張給了Tom，我並且問他：「李壽全好像要我寫一首這種風格的東西。」Tom斜斜睨我一眼，用他很流利的中文說：「那你要有點兒良心。」

李壽全和我幾乎不討論詞義宗旨，只討論修辭技術，比方說：押韻。他認為：ㄢ、ㄤ也是可以通押的，ㄛ、ㄡ是可以通押的，我在三十多年以後還記得他圈著嘴發出各種聲音，不斷嘟囔著：「很接近啊？很接近啊？為什麼不可以呢？」非常不服氣的表情。

但是，當時決定一首歌可以流通、或是不可以流通的人關心的是另外的事。新聞局把我們的歌打了回票，他們認為歌名〈模糊的未來〉太消極、太負面，日後這歌改名〈未來的未來〉公開發行了，知名散文家張曉風還是在報端撰文抨擊，說：現在的年輕人居然看不清楚自己的未來！

老實說：我只能提出一個反證——那時新聞局收發窗口的小姐恐怕也不可能看清楚：多次替唱片公司送件、退件、又送件的年輕助理的未來如何；那滿頭大汗、幾乎跑斷腿的年輕人叫周華健，當時還不到二十五歲。

未來是什麼？還沒有等到的時候大概沒有誰能清楚。我接下來參與壽全的專輯《8又二分之一》也是預期之外的事。受邀寫詞的人很多，有吳念真、詹宏志和呂學海。我只記得我所參與的除了〈加州的彩虹〉，還有〈殘缺的角落〉。

〈殘缺的角落〉的主角，是壽全在西門町電影街上看到一個坐著輪椅賣口香糖的殘疾人，壽全原始的構想就是要作一首用口琴伴奏的歌。說的是輪椅上那人總是一張迎人的笑臉。賣出了口香糖，他笑；賣不出，他也笑；警察來開罰單，他還是笑。那笑不是喜樂，而是病。原來他沒有不笑的時候，越痛苦，看起來笑得越開心。

我爛漫無知地把這街景寫進了歌裡。完成後，才從漫畫家老瓊那裡得知，故事還有後續的發展——那輪椅上的笑再也看不見了。那人有一天放了一把火，把自己燒了。壽全說：「那麼我們把這首歌寫完吧？」我們寫了第二首，兩首歌名都叫〈殘缺的角落〉。

從長遠的未來一丁一點地回憶，麥田咖啡館／唱片行早就消失得比灰燼還徹底。壽全在三十年後讓我們重新聽到那時嘶喊出來的聲音，他的聲音一點也沒變，我也只能說：未來的已經來了，然而，即使扭轉頭仔細回顧，連過去也是一片模糊。

# 再春游泳池，波光粼粼的一汪池水

我的老台北沒有一定的空間座標，但是它總有——籃球場、網球場和游泳池。

在某些記憶的細節裡，游泳池旁是籃球場。在另一些往事的場景中，網球場就是籃球場。還有一些如夢似幻、糾結不清的人和物件，竟許會發生在同一個環境裡的籃球場、網球場和游泳池裡。儘管我日後可以透過種種檢索的方式去搜尋文字所記載的某個年代、某段舊聞、某些名字，然而，資料往往不能告訴我：我記得的那些風中飄絮一般的瑣碎片段，存在過嗎？

舉個例子來說吧：我記得父親第一次帶我去看籃球比賽，那場館應該是圓山兒童樂園——我該說那是「圓山兒童樂園旁邊」呢？還是「圓山兒童樂園裡面」呢？這個疑惑跟了我五十年，而疑惑的核心則是游泳池。

我可以舉個例子來說明我詭異的記憶情況。

從某一方面來說，我對那一場賽事是很有印象的。時隔五十年，我大致上還能記得「中華白」的陣容，像是：4號張鈞（後來因為和他陸軍部隊裡的長官同名，只好改名張鈞之），5號卜樹人（個子全隊最矮的控球後衛，可是名字起得好——『不輸人』），6號曾德成（是後來也當了多年國手的曾增球的父親），7號陳金郎（前鋒、射手，中距離左右四十五度角堪稱神準），8號邵世玉（總是在傳球的那個），9號不記得是誰了，10號黃國揚（是香港徵募來台的傭兵，是個射手），11號謝恆夫和12號蔡伯圳（在我心目之中，他倆就像是雙胞胎甚至連體嬰一樣總分不開），之外還有名字很相像的畢君卿和劉俊卿，不知道誰是14號、誰又是15號。總之，就算我記得不全對，在沒有資料可以查看參考的情況下，還算是不容易了。然而，這仍然不是重點，重點卻是我混淆的印象——

當時我還不曾上小學，換言之，那場球賽應該是在一九六三年之前的某個夏天。當天晚上，和「中華白」對陣的，是美國來的「歸主」隊。父親告訴我：那些美國球員都是基督徒，來打球就是來傳教。我說看完球就要信教嗎？父親說那倒不必。我們坐在圓形球場的最高處；老實說，看不到太多細節，我看了不多大一會兒就開始東張西望，甚至回身往玻璃窗外望去——那是驚人的一幕！

一片滿盈盈、亮堂堂、光閃閃、藍澄澄的水！我從來沒有——再強調一次——我從來沒有看過那麼多的水！從球場高處的窗格子裡朝下、朝外，能看到的範圍雖說有限，可是，畢竟有一段距離，感覺上那一汪水竟然是沒有邊際的，水上有一個躺在巨大透明枕頭上的姑娘，一直和俯身對著她說話的男人笑著，我看不見那男人的臉，也看不清姑娘的面容，可是毫無疑問：從那窗框子裡映入我眼中的景象就是傳教人口中的天堂了！一定是的。

歸主隊那一場贏了——事實上歸主隊好像幾乎沒有輸過。而我，則從那一天晚上開始，對兩種運動都有了獨特的興趣。然而，正如我說過的，參照起記載下來的文獻，我對自己的記憶實在沒有多大把握。

圓山兒童樂園旁邊的確建造過一座擁有三個大小水池和一座水泥溜冰場的

遊樂園區，統名之為「再春游泳池」，是為了紀念一位捨身救人、卻不幸溺死的中學生李再春。李再春的事跡發生於一九六五年，游泳池則在次年完工，那麼，我在看球賽的那天晚上所目睹的那一片波光浪影，究竟是從哪兒流過來的呢？

李再春去世那年我已經上小學二年級了。之前一個多月，副總統陳誠過世，停靈在台北市立殯儀館，那是三月初。停靈期相當長，到出殯安葬已經是八月底了。停靈的時間長，為的是讓各界人士隨時可以去祭拜。於是，在春夏之交，某一日晚餐之後，父親和母親領著我一起去「向陳辭公行個禮」。

從遼寧街116巷口往北，到長春路口就是水肥隊，縱橫不知幾條大小馬路範圍之內的公私廁所，都是這個隊上的爺們兒負責掏挖的。捏著鼻孔經過水肥隊往長春路以北行去，要再經過四片菜圃、兩塊稻田，還有光復西村、梅園三村等疏疏落落的幾個村落。直到穿越一片半是水泥、半是夯土築成的籃球場，就來到鼎興營區了。父親告訴我：這營區裡面有個游泳池。

我說我要看。

可是營區四圍是一人多高的水泥牆，只在牆頭一帶有大約一尺寬的花磚，花磚是帶空隙的。父親拗不過我執意要看一眼游泳池，便讓我騎上他的脖子、圈坐在他的肩頭，從鏤空的磚眼兒往裡窺看。

事後想想，那是相當冒險的一件事——且不說百十公尺之外的民權東路對面、市立殯儀館方，正在為接待市民瞻仰陳副總統遺容，舉行大規模的封街和交通管制，僅僅是二、三十公尺開外，鼎興營區本身的大門憲兵就還在執行例常的哨位警戒任務。不過，父親還是讓我看了，穿過空心磚，牆裡又是一座打著光滑混凝土的籃球場，和籃球場對過邊線大約等長的位置，是另一面完全以空心磚砌成的牆。

然而，我看到的不僅僅是牆中之牆，而是從裡面那一堵空心磚牆內側、經由四盞從四角居高臨下的探照燈折射出來的波光。那光映帶出淺淺的、像清晨天色一般的藍，搖曳、閃爍，讓你感覺那個初臨的夜晚是有風的。

我必須再強調一次：這一回，我連水或池子或透明氣枕頭都沒看見，更不要說水波間美麗的男男女女。我看到的，只不過是從空心磚裡透灑到水泥球場上的幻影。但是，那水光喚起了我巨大的幸福感，我幾乎忘了身上還背著一宗案子呢！

就在「去向陳辭公行個禮」的前一週，我在放學回家等校車的路隊裡，為著誰先誰後之類的芝麻小事，和我的同學吉凱明起了口角，簡單一點說就是我揍了吉凱明一拳，吉凱明回家當然是要告狀的，吉媽媽當然也是要到學校來的，說吉凱明有腦震盪的危險，那麼，老師當然也是要傳我的家長去學校交代一番的。就在這麼些個當然的事當然會發生之後，我當然只好撒謊拖延，說我媽生病，我爸出差，都來不了。

這是在家家戶戶還沒有電話或手機的年代，我拖過了好幾天，直到看過游泳池的幸福美景之後五分鐘。父親母親牽著我的手穿越民權東路，來到市立殯儀館，就在大門口撞見了光仁小學教職員組團前來，也是「向陳辭公行個禮」的吧？我的導師看看我、又看看我的父親母親，說：「好啊！你騙我。」當下殯儀館大廳裡奏起了國歌，我有生以來第一次竟然會期待那國歌永遠也不要奏完。

那個不好熬的學期到底還是過去了。父親在放暑假的第一天交給我一張黃色的小紙卡，外頭還包裹著透明塑膠紙套，紙卡上貼著我的照片，照片邊上是「鼎興營區游泳證」七個大字，還有一串流水號碼。父親在那個行禮的日子之後，再也沒有提起我揍人又撒謊的事，直到多年後我在鼎興營區游泳池當義務救生員的一個下午，當時我上了大學，他每天下午不必到班，我們居然經常約在游泳池見面。

那一天，我游了幾十個來回，在池邊喘氣，看水光，忽然想起那個謊言被揭穿的夜晚。便問他：「我打吉凱明那事後來怎麼解決的？」父親想了老半天，想起來了，道：「他媽媽傳我去學校當著校長主任辦交涉，傳了兩次，她都沒來，我也就再也不去了。」

我笑了，他也笑了，水光耀眼得很，他指著空心磚牆——意思就是指向牆外了，接著說：「打個籃球去吧？」

我們所謂的「打個籃球」，一向都是我練中距離跳投，他在籃下撿球。我在高二到大三的後段青春期堪稱射手，就是他這樣幫著我練出來的。通常這情景總是發生在他稱之為「愛國西路」的地方；一座紅土網球場的旁邊。

那時候，那個地方是有個單位名稱的，叫「陸軍總司令部」，但是父親寧可說：「去愛國西路。」他的球友也是這麼說話，一個說：「星期三下午，還是愛國西路？」另一個就說：「愛國西路。」第一個會再說一次：「就愛國西路。」現在，那地方叫自由廣場、兩廳院、中正紀念堂。

而我在「愛國西路」碰上一個比我六尺高的父親還要高大半個頭的人，他曾經是前文提到過的8號邵世玉的中華白隊老隊友，同隊隊員還有知名的體育記者傅達仁；相較起陳金郎、謝恆夫、蔡伯圳來，可能還要算是前輩了。他叫張克佑，張克佑是軍中飛駝隊、甚至中華男籃的老教頭，六十多歲的時候還可以輕鬆跳投取三分。他曾經盯著我的膝蓋頭對我說：「你別想著打球了，游游泳就可以了。」那年我高三，滿心以為自己還有發育的機會。

這，是另一個令人傷心的故事。

# 紅土丘下的網球兄弟們

我的老台北沒有一定的空間座標——它是新公園網球場、三軍網球場、陸軍總部網球場、台銀網球場，它是跳躍的、閃爍的、朦朧的，周流不居。

我若問我的父親：你的老台北又是怎麼一回事？他必然會說：哪兒有球場，哪兒就算是的——他說的鐵定是網球場。

如果有「生活史」這個詞兒的話，我會說：父親一生後四十年的生活史，就是騎著一輛幸福牌二十八吋自行車，到處跑網球場；而我從小最不虞匱乏的玩具，當然是依舊彈性十足、但是在球場上已經不堪使用的作廢網球了。還有，我所認得的第一個英文單字就是一隻黑豹的側身剪影腳下、花體書寫的「Slazenger」，至於它是個什麼意思？我從來不知道。在我認識這世界的最初階段，「Slazenger」最直接的意思，若不是豹子、就一定是網球。我問過父親，他說他也不知道。

父親打起了網球，也有一個特殊的背景。據說是我出生的民國四〇年代中葉，父親和他那幾位不甘心開雜貨鋪以終老的濟南同鄉先後北上，一個拉拔一個地進了正在積極招募文職人員的國防部，那時節，據說只要「文字清通，楷法端整」，很快地都能安身立命，每隔幾年，部裡還會透過和銓敘部的合作，讓在職公務人員參加升等資格考試。像父親，通過一次又一次的在職考核，從「禾頭委」（委任官）、而「草頭薦」（薦任官）、到「竹頭簡」（簡任官）熬到退休。

但是，當年的政務機關要全面培養所屬健全素質，可不是喊喊口號而已。國防部認為：公務員若要強健體魄，就是要誘發個人從事運動。怎麼做呢？據說，就是列出各種運動（尤其是球類運動）所需要消費的項目和價格，讓個人自由選擇申請，按月領取補貼，實報實銷。

父親說：大部分的人為了求輕巧，方便覓得場地，都選擇了桌球或是羽球，他則挑了人煙最為稀少的網球。「運動的第一守則就是人要少。」他說。公家一個月提供兩筒球，每年給買一支球拍，於是，大約就在一九六〇年前後，父親展開了他生活史上的網球生涯專章，這一章的第一頁，是台北新公園。

印象中的新公園網球場是三個並排的紅土場子，面對場區底線，則是一個巨大的木構遮陽棚，棚頂是白漆的、棚架是白漆的，棚子底下的茶几、涼椅、矮凳也都是白漆的。鋥光明亮，在斜射的日光照耀之下，還會蒸騰出一種說不上來是木頭還是塗料的新鮮氣味。

據父親日後的回憶：新公園是他最待不下去的一個球場。因為這裡的球友「沒有不勢利眼的」。一開始的時候，父親由於球技不佳，沒有人願意和他組隊下場，他也只能到一邊兒「打牆」。很多人熬不過這一關，幾個月之內就索性放棄了。

父親肯熬，他每天清早五點鐘就騎上二十八吋幸福牌腳踏車，從遼寧街到新公園，對著水泥牆練了一年多，像練習實彈射擊一樣，務必讓回彈的球能夠擊中先前留下的紅土印子。

就是這麼個倔性和土法，居然把眼神練準了、把腿步子練穩了、也把手勁兒練狠了，立刻成為搶手的隊友。

為了鞏固隊友之誼，來攀談邀約的各色人等都有，著實熱鬧了一陣，彷彿忽然人緣就好起來了。老實說，一時之間，父親這冷清的個性還真不能習慣。但是，這種交情過不幾個月也就冷水澆微火似地涼淡下來。為什麼呢？據說是有個嘴快的生意人不經意走露了心思。

有一天打罷了球，那生意人和父親一路走，沒想到來到了寄放腳踏車的車棚，就在父親繳還車牌的時候，那生意人忽然冒出來一句：「你騎這個的呀？你怎麼騎這個呢？」——人家可是坐轎車的，實在看不慣二十八吋高雙腳踩出來的幸福。

我到新公園球場總是搭父親的二十八吋幸福牌，車前杠上架張小籐椅，拍照時手指比三；不過，那年我四歲，只是手指頭沒跟上，不會比四。四歲之後，再坐著小藤椅跑的球場赫然不同。它就在父親上班的總統府介壽館斜對過，原先是一座據說可以裝得下一萬觀眾的籃球場。由軍方起造，從國府遷台之後的十年之間，各種重要的國際籃球賽事、甚至大型的晚會活動，都在此地舉行，其名籍籍，曰：「三軍球場」。只不過三軍球場是敞空露天的形式，怎麼看都有些村氣。

當時流行過一個比起今天來只有「網友」二字差堪比擬的詞語，叫「社會各界」。經由這個「社會各界」的呼籲，「三軍球場」拆了，新的大型運動和集會場館已經發包設計，即將興建了。才鋪上木地板沒有兩年的籃球場原址改建成一個擁有六個紅土場子的大網球場，還附設淋浴間。場邊的休憩區依然是巨大的木構遮陽棚，白漆棚頂，白漆棚架，白漆茶几、白漆涼椅、白漆矮凳；一切仍然是鋥光明亮，我仍然嗅得出木頭或塗料所散發的新鮮氣味。

我幾乎每週日都在改名「三軍網球場」的紅土白棚之間穿梭遊戲，玩兒什麼呢？就玩兒紅土和網球。紅土如小山堆，取之不盡。紅土堆裡埋舊網球，紅土堆裡挖舊網球，網球排隊爬紅土堆，紅土堆挖溝塞滿網球大軍……

除了玩兒自己的，我還很交了些朋友。他們大多數比父親還要年長，比我要大個四、五十歲。我還記得有一個叫梁華盛，曾經當過東三省的省主席，一個叫汪道淵，當過法務部的前身司法行政部的部長，也是國府第一位文人國防部長。一個叫田少卿空軍出身，他的兒子是武打巨星名叫田鵬，還有一個叫李元簇，後來也幹過教育部長、法務部長乃至於副總統。他們都在下場休息的時候陪我埋過網球，我也弄丟過他們每個人的網球。埋了，卻挖不出來了。

在這些忘年之交裡，我印象最深刻，也往來最歡喜的，是一位叫盧讓泉的伯伯。他比父親年長兩歲，回想起我從四歲到十七八九年紀之間，盧伯伯幾乎沒有改過模樣——早是一頭全白的髮絲，特別短勁矍鑠，見了我總是咪咪笑，無論我是小學生、中學生、甚至大學生了，總要找些與生活現實全無關係的話題，翻覆言說個不完。我還沒上學的時候，他就會問我：紅土底下埋了什麼？我說網球。他說還有呢？我說：還有網球的兄弟。他就說：那麼有沒有網球的仇家？

我到了很後來才從父親口中得知，他是湖南人，上校退伍，離開部隊之後寫武俠小說，年年都有作品出版，筆名叫東方英。

「三軍網球場」似乎沒有維持多久，盧伯伯和父親聊起來這種「逐紅土而居之」的經歷，簡稱之為「轉戰沙場」。之後相當一段時間，從我小學後半段、一直到大學快畢業的七〇年代末期，轉戰的戰區都固守在愛國西路的陸軍總司令部。陸總部的紅土場子只有兩個，而且不設遮陽頂棚，休息室只有六個榻榻米大小，四把藤椅、一張電話几、外帶電燒水壺一把、茶杯數只，淋浴間可容一、二人，也轉不過身來。父親還是堅持在球場裡洗澡、洗衣，從不把紅土帶回家。

我還記得和他從新公園時代就一起開始轉戰各球場的另一位老將軍易國瑞就來一回、抱怨一回，今天說場子沒有人整理，明天說洗澡水不熱，後天說太陽大曬得沒力氣打球了。很快地，易國瑞就不再出現了。盧伯伯說：這將軍算是陣亡了。

存活下來的英勇戰士們並沒有因為物資條件較差而怯戰。我猜想長期持續運動而分泌腦內啡、帶來成癮快感之說絕非虛妄。有不知多少次，我和父親一塊兒上他簡稱的「愛國西路」（也就是陸軍總司令部網球場）去，到時我才發現，場上空無一人，接著到的一定是盧伯伯，他總是準時，也就是我們爺兒倆到點的一小時之後。試問：為什麼要早到呢？父親從來沒有說過為什麼，他就是要早到一小時，拿一根兩米長的耙子把兩個場子的紅土都推平。

還有一個也願意自動整理場地的，就是日後當上國家籃球隊教練的張克佑了。

大約就在我高中畢業那一年，也是老蔣總統過世的那一年，陸總原址按政府通盤計畫，經公佈即將改建為「中正紀念堂」和「兩廳院」，原陸軍總部則先行遷移到桃園龍潭，這一個階段的紅土戰地又熄了燈。

最後一次和張克佑教練聊天的場景令我永遠難忘，當時我在網球場旁邊的露天水泥籃球場上練三分球，他則在鐵絲網隔牆的另一側推紅土，一面瞅著我投籃。看我一連矇進了三、四球，他招手把我叫過去，隔著鐵絲網站在他面前，他一逕看著我的膝蓋頭，問我幾歲了，我說十八，他立刻歎了口氣，說：「游游泳吧，游泳池就在那邊。」他朝我身後指了指。

我當然立刻就明白了他的意思。那意思也實在沒什麼意思，反正就是告訴我，我不是打籃球的料。事後，我同父親抱怨這張教練說話太直，很傷人。父親說：「咱們山東人就是這麼說話的。張克佑之前管球隊的時候，晚上只要是過了九點，還有電話打到隊上來的，不論找誰、為了什麼事，他的答覆一概是：『俺這是球隊啊，不是窯子館啊！』」

隨著愛國西路陸總的搬遷，僅存的戰士們都邁入了老年，然而，尋覓並固守戰場的決心並沒有絲毫的消磨或者改變。之後將近二十年，父親在公館、以及重慶南路巷弄之間、嚴家淦總統故居的附近，又找到了兩處空間更小、設施更差、盥洗條件更傴仄的球場。

在重慶南路巷弄之間的這一處，據稱還是台灣銀行所屬的物業，所以這一個階段又改了口，不說「愛國西路」了，說「台銀」了。他換了一輛腳踏車，不是幸福牌，依舊二十八吋。每個月兩筒球，常年買賣四十餘春秋的店家依舊是重慶南路上的「文瑞體育用品行」，我聽過他和那第二代的老闆閒聊天的時候說：「我現在打球的地方是你們鄰居。」

我從來沒有認真打過一天網球，父親也沒有逼我和他一起練網球，這些個在台北市區東西南北出現過又消失了的紅土地畢竟也是我前四十年生活史上的一些抹不去的場景，究竟該怎麼形容它呢？讓我告訴你：父親過世之後，我作過一個夢，夢裡登上一座紅土山，裡頭埋了無數個廢棄的、可是依舊彈性十足的網球。這一個挖出來，另有一個，那一個挖出來，還有一個，還有一個、又有一個——不，不能說無數個，它們是有數的，一個月四個一裝兩筒的算八個，三個一裝三筒的算九個，一年少則九十六個、多則一百〇八個，四十年呢？

# 一車倆驢和我哥

我的老台北沒有一定的空間坐標——有些時候，它只是一個粗略簡陋的場景，沒有東西南北，沒有前後左右，比方說老大哥的家。

那是一個叫「士林片廠」的地方附近，士林片廠則是在一片看不著邊的黃土路盡頭，我看《婉君表妹》拍片的所在。五十多年前能夠看人拍片是極難得的經驗，這都要從那個住在片廠旁邊的老大哥身上說起，要不是他老人家，我不會在五歲上就做了爺爺——是的，要不是張翰卿，我不會在還上著幼稚園的年歲便有了孫子。

父親有這麼個老侄子也不是太平常的事，到老大哥很有一把年歲的時候，不期然他來串門子，我都還不知道該怎麼把他介紹給我的朋友。「這是我——

哥。」我跟一個朋友這麼說的時候，他的眼睛和嘴巴都張開得老大。

是的，我哥。與民國同歲，比我父親還要大九歲，隨著部隊到台灣來的那年，他已經三十七、八了，我出生的時候，他四十六。可是論輩分，我得叫他哥——父親要我在「哥」的前面一定要加上「老大」二字，以示尊敬。老大哥則永遠用家鄉話喊我：「弟弟。」

老大哥臉上的皺紋密密重重，看上去是可以走螞蟻的。我很小的時候有過一抹淺淡的記憶，好像是父親為了搆一個高處的什麼東西，把我交給老大哥抱一會兒，我在極貼近的距離看著他臉上刀切也似的紋路，嚇得哭起來了。

那是關於老大哥最早的記憶之一；當然還有之二、之三、之四……。大致上按著時間順序說，我對於老大哥的第二個印象是他的名字。我的父母親都叫他「世芳」，那是他在老家裡按字輩起的學名。後來他用卡車載回家的則是另一個名字，叫「翰卿」。父親跟我解釋老大哥的名字時嘴角上揚，看似有些調侃的意味，他說：「從前的讀書人往往給自己起個別號，最喜歡用的字眼就是『亭、台、樓、閣、臣、卿、五、九、三』。」我說：「那你的別號是什麼？」

父親還真有好幾個名字。他行七，小名七子、啟子，學名啟京，字東侯。然而除了極為親近的朋友喊他「東侯」之外，那些學名、小名他都沒用過，據說在抗戰期間南來北往地闖蕩，他就給自己起了個單名，叫「逵」——指四通八達的道路，梁山水滸的暴力英雄，事母至孝，可是故事裡的李逵卻是一個沒有機會為母親盡孝道的人物。父親給自己起的名字，真正的命意如此。

說到老大哥的「翰卿」，父親微微一笑，說：「不知道誰給他取的，又是翰林、又是卿，雅得莫名其妙。」

父親之所以略帶嘲謔之意，就說到我對老大哥的印象之三了。實在也是因為老大哥這一輩子和讀書沾不上一個字的邊。在濟南懋德堂老張家上幾百口子的大家族裡，老大哥的愚笨是出了名的。家塾裡請過的教書先生們都勸老人家：別讓他跟著別的孩子一塊兒讀書了，因為張世芳的笨非等閒可比，一起上課的、差不多大小的族人學童們，都會被他一個人耽誤了。

就像是用刀子鑿出來的刻板印象，愚笨和老實是雙生子，老大哥一個釘、一個鉚做人一輩子，據說沒有打過一回誑語。

多年以後，我讀研究所的同時，在報社兼了一份差事，有一次為了作一篇報導，到台映試片室看《小城故事》的試片，遇到李行導演，向他問起「張翰卿」這個名字，李導演眼睛一亮，先豎起大拇哥，才說：「好人好人，好人好人，老好人。」

老大哥後半輩子討生活，一直跟著李導演幹電影道具行，才讓他討上了第四個老婆，這裡頭還有說不完的之七、之八、之九……但是請容我掉回頭從古早說起。

不是說老大哥的笨是出了名的嗎？族裡的老人家當機立斷，送他出門學手藝，這中間千迴百折不知道經歷了幾年，用我父親的話說，就是「忽然有那麼一天」，張世芳「嗚啊嗚啊揿著喇叭就回來了」，這話一點也不誇張，張世芳不叫張世芳了，叫張翰卿了。喇叭是大卡車上的，大卡車是老闆的，他是出了師的，成為濟南市最早一批現代化物流業的尖兵。

從來沒有想到老大哥居然能混上一口飯吃的族人們，早在他出門去「學手藝」的時候給找了個沿街搖鈴的算命仙問過命。那算命仙隨身帶著個鳥籠，裡頭有隻小黃鳥，問命的主顧交出了生辰八字，那算命仙掐指一算，口中唸唸有詞，一整套神神道道的法事作完，小黃鳥就會叼出一個小紙軸來，打開一看，要問的命途答案就在紙上。

問命的是老大哥的娘（我該叫幾大娘的），小黃鳥叼出籠子來的紙卷上寫得明明白白四個字：「一車倆驢」。設若以當時常民生活經驗裡的景象為聯想的依據，那麼，「一車」大約指的就是手推獨輪車，坐上了拉著走，車板上一邊一個；再加上「倆驢」，一頭驢背上少說是一個，算算就是四個了。老太太問的是什麼呢？

婚姻。這不是兒戲，卻也不能不作兒戲看，試想：有誰能夠娶上「一車倆驢」的四個老婆呢？

然而就在老大哥滿二十歲之後的幾年之間，他還真完了幾次婚。說來從不是齊人之福那種事。他的第一個老婆過門之後精神狀態出了問題，鬧瘋病死了。娶了第二個沒過上一年就跟人跑了。第三個身形魁偉、膀大腰粗，而且能記賬、會認字，是老大哥貨運生意上極大的幫手，倆人當夥伴多年，出出入入都在一起，卻形同兄弟，他們自己和身邊的人也都不認為他們會有夫妻的緣分或感情。這種緊密但是分際清楚的關係耽延多年，好容易兩人驚覺可以組織家庭，還是那個男人婆一般爽朗明快的女子主動提出，老大哥扭扭捏捏答應了，才辦了婚事，可是一下打起仗來了。運輸生意轉手成空，老大哥跟著部隊離開了之前的一切。

父親再遇到老大哥，是在台中第一市場。當時父親和他的幾個同鄉朋友在市場邊開雜貨鋪，五、六個二十好幾到三十初滿的青年人組成的小家庭，大大小小也有二十好幾口人。老大哥到小鋪來給「七叔」請安的某一個節日，特別表演了一手——他做了一頓飯，毫不誇張地說，是一桌酒席，不但將所有的人餵飽，而且在多年以後，我都還聽見那些長輩們回憶起幾十年前的那一場宴席是如何如何地「道地」。顯然，已經將近四十歲的老大哥在戰亂中又學了一門手藝。也是憑藉著這份調和鼎鼐的功夫，他投身於李行導演的門下，起初也就是幹廚子。久而久之，李導演發現這張翰卿藝業精到不說，手腳也乾淨，經手的賬目條條款款、巨細靡遺，銀貨往來更一絲不苟——關於這一點，我們有理由相信，這種能力應該都是那第三個妻子為他奠定的基礎。

於是在某一部戲開拍之際，李導演便拉拔他正式進入劇組，成為管理道具的專職員工。老大哥非但跟著李行導演，也經由導演的介紹，在許多不同的導演麾下工作，甚至還成了師父級的人物；在眾多徒弟當中，有一個二十郎當歲、剛結婚一年多、還養了個白胖娃兒的年輕人和他特別投緣，主要是因為那年輕人也老實，也和他一樣被人看出愚笨，也不大喜歡讀書識字。

他是我最早認得的、土生土長的台北人，比我年長了十七、八歲，但是終於有一天，老大哥要他叫我「叔叔」，因為這小伙子有一個守寡多年的老母，雖然一句國語或山東話都不會說，可是性情溫和醇厚，也有著滿臉刀刻斧鑿一般深刻的皺紋。老大哥娶她做了老伴兒，她是「一車倆驢」的完結篇，老大哥的第四個伴侶。

電影公司道具班頭的角色對於一個還沒入學的孩子來說，究竟有多麼重要呢？我可以告訴你，老大哥可能是我生平第一個也是唯一一個讓我繞著身體拍手跳走以至於撞破頭皮的人。

頭皮上縫了幾針，但是手術時我幾乎沒有哭泣，因為在那最痛苦的時刻，我滿心想著的，正是讓我拍手跳走的緣故——老大哥從片廠給我帶來了趣味新鮮的禮物。那是兩面橢圓形黑底畫白龍的三夾板盾牌，和兩把銀漆木質的單刀。刀與盾都形制逼真，和我在戲台上見識過的非常相像，而細緻的程度猶有過之。那是我在幼兒園混生涯的最後幾個月，一九六二年，也是民國五十一年。當時士林片廠裡堆放著不知道有多少這樣的玩意兒。據老大哥說是「報了廢了」。為什麼報廢？一直是個謎，我只知道刀和盾應該都是一部叫作《秦始皇》電影的道具。而更不可解的是在我的記憶裡，從來沒有看過任何一部名為《秦始皇》的電影。

直到多年以後唸了大學，無意間讀到戰國末年齊國人流傳到各地的一套神秘主義學說，提及秦人對於國運的共同信仰，才知道我那兩塊盾牌為什麼是黑漆的。原來，戰國末期齊人鄒衍創立的陰陽家學派認為天地有五行，所謂的「五德終始說」。他認為五德推遷，更迭相送，比方說：火能熔鍛金屬，就是火能勝金。而金屬能砍伐木材，也就說明了金能勝木，歷代鼎革，就是五行相剋。秦始皇採用了這個學說，認為周得火德，秦就應該自稱為水德；水能勝火，所以秦就能夠取代周室。於是秦人的衣服旗幟皆尚黑，取象於深水的顏色。如此一來，我那兩塊盾牌絕對不是沒有來歷的。

刀盾道具在我家院子裡一放七、八年，連搬家住進城區大對角的南機場都還捨不得扔掉。然而，那部電影跑到哪兒去了呢？

也是直到和李行導演聊起了往事，他才告訴我：那是一個非常奇怪的拍片計畫。中影主導，邀請了日本導演田中重雄和演員勝新太郎，也就是當時《盲劍客》的男主角，由他們來擔綱指導而且主演。台灣花大錢支援場面、群眾和一應服裝、道具。參與的大明星只有一個唐寶雲，演的卻是一個沒有幾個鏡頭表現的宮女。另外一個崔福生更嘔，他本來是著名的硬裡子演員，可是在《秦始皇》裡，他演的居然是秦始皇母親的男寵——「大陰人繆毐」；最後呈現的是從頭到尾日語發音的一部日本電影。

「我還保存著《秦始皇》的道具呢！」我和李行導演說。

「什麼道具？」他說

「盾牌和刀。」我說。

「哎呀！」李導演說：「那都是寶貝了。」

「的確，不是武器；都可以說是文物了。」我把刀和盾的來歷和李導演說了。他是這樣回覆我的：

「翰卿連片廠裡的一根釘子都不會帶回家去的。他這樣做，恐怕也是氣壞了。」

多年相信相親，李行導演對於老大哥其實一直有一種疼惜的心情，他甚至覺得滿口金牙的這位道具班頭應該還可以有些別的發展機會。有一次應該是在《養鴨人家》的外景現場，導演靈機一動，把老大哥叫到跟前，指著一輛三輪板車說：「你呢，待會兒就在路邊蹲著，看車輪。唐寶雲走過來，會問你可不可以載她一程到鎮上去，你就說：『胎爆了，不能動了。』」

顯然，這是李行導演有意讓我老大哥露臉而臨時加的一場可有可無的戲。由於當時同步收音的技術還相當粗糙，任何演員任何一句話都必須原音呈現，而老大哥的濟南土話卻應付不了這樣簡單的台詞。

「那麼，就只要說『胎爆了』一句呢？」李導演刪了一句台詞。

老大哥還是拐不過彎兒來，不論讓他練習多少次，也不論什麼人來作發音指導，他只能說成類似「台爆咧」的發音。

天注定老大哥如此霸氣地堅持他的鄉音，就像他堅持不超過也不少於娶四個老婆地過了老實的一輩子。

老大哥過世之後，我還見過他臨老收進門的兒子，地點是在公賣局球場。那時節球場已經沒有賽事了，滿地板佈滿了長條方桌、上頭鋪著天藍色綢布，布面上山積石砌一般羅列著各式各樣的書籍。那是一個全新的年代，政府提倡書香社會，報紙雜誌電視廣播都在呼籲大家用書櫃代替酒櫃。公賣局球場以及十幾條街之外的國際學舍，這種原本各有用途的公共空間不知怎麼回事，都成了常年辦書展的所在。為什麼不在書店買書賣書呢？因為掛上一個展字就便宜啊！我不否認，窮學生的我是來撿便宜的。不過，我萬萬沒想到這個比我大了十七、八歲，可是依然囁嚅著叫我「叔叔」的中年人也會來買了大袋小袋的書。我問他好，他也不時點頭哈腰地問我好。反正沒話找話說，我問他買什麼書。他說是小孩要看的。我也不十分留意，隨口道：「你的孩子啊？」他拘謹地笑笑，用台語說：「是啊，就是你的孫子嘛！」我背脊一涼，是啊！我有個孫子呢！而且只比我小四、五歲。

# 那些數不完的第一次

## ——漢中街幼獅、沅陵街思蜜、梅村，還有博愛路相機行

我的老台北沒有一定的時間坐標——也許那一年、也許這一年，未必是早年有的、後來不存在了；倒往往曾經隨時在側、習以為常，卻在不知不覺間疏遠和遺忘了。每當感覺如此，就不免脫口而出：辜負了。那是幾條後來多年，我怎麼走也走不到的街區角落。

十九歲那年我寫了一個短篇小說，投稿到《聯合報》參加小說獎，那一年得到首獎的是丁亞民的〈冬祭〉，我的那一篇是石沉大海，音信全無，不知道是在哪一個評審環節上給打落的。直到半年之後，稿子才裝在一個蓋了好些紅藍橡皮章子的牛皮紙袋裡退回來。我換了個牛皮紙袋，寄到漢中街51號《幼獅文藝》，那裡也在辦賽事，獎額只有聯合副刊的1/16.666666，可是一次取六

篇，不分名次，還有個響亮的名頭，叫「全國小說大競寫」。我那篇原封不動的退稿矇中了，我把獎金的多一半兒上繳父母，少一半兒則買了把吉他，母親則替我的吉他縫製了一個完全貼身的布套子，只不過母親從來改不了口的濟南話發不出「吉他」的音，她總是喊這樂器叫「琵琶」。我帶著樂器上學的日子不短，不過，人人似乎都不覺得一把兩千四百塊錢的吉他有什麼了不起，大家稱賞的都是吉他套，說它柔軟、精巧、用色雅致、繡工細膩，當然，更沒有人會讚美我的琴藝。老實說：雖然我天天提著吉他出出入入，卻始終沒有鍛鍊出什麼琴藝來。那吉他，用我父親的話說，就是個「聾子的耳朵」——擺設罷了。這一點極其要緊，我必須承認、以及強調：在我十九歲那年所接觸開展的很多事情（甚至包括小說的寫作）看來都輕巧、便捷，不怎麼費力。然而，日後沒有什麼大出息也是理所當然，我始終覺得父親輕聲嘲笑我半吊子的吉他琴藝有著象徵意義，無論對什麼事，我並沒有「認上應該認的真」。

讓我對吉他瞬間失了興趣的原因是攝影。而且，此處所謂的攝影，既不是日後風行滿地的錄影，也還不是一般的照相；而是特指當時由《中國時報》人間副刊經由文學獎和專題設計而風起雲湧地帶動起來的「報導攝影」。

我是在那個時期，才知道中國電視公司新聞節目上經常出現的字樣「攝影／張照堂」不只是位會用攝影機拍新聞片的記者，他還是一位能夠使用單眼照相機、黑白底片轉印出震撼人心目之現實的巨匠。張照堂之外，還有阮義忠。帶我認得阮義忠這個人、以及他堪稱偉大作品的人就在漢中街51號《幼獅文藝》當編輯，他叫黃力智，我的啟蒙師傅。

得了那個生平第一個小說獎之後不久，我家才安裝了電話，那個時候每天沒事也要打幾個電話算是令人興奮的新鮮事了。

黃力智有一天打了電話來，要我幫忙到台中中興大學去作一個為期三天的報導採訪，主題是國內中外文系組織的比較文學會議要召開第三屆大會，會中將要發表十多篇論文，還有一場特邀普林斯頓的知名漢學家高友工的專題演講。我的任務，就是不限篇幅，全程報導。

黃力智不只分配了任務，他自己也掛上一身的相機，到場為學者們留影。

那是我第一次參與學術討論會，第一次親手操作帶快門光圈的相機，第一次聽比較文學學者說「結構主義」和「詮釋學」。也是第一次認真聽人說起「報導攝影」這個名詞。黃力智說起阮義忠——阮義忠是他的師傅。

漢中街51號是《幼獅文藝》、《幼獅月刊》、《幼獅學誌》和《幼獅少年》四份刊物的辦公室，除了黃力智之外，阮義忠另有一個徒弟，也在這個辦公室裡工作，他叫劉嵩，比我還小一歲，復興美工畢業之後等兵單服役期間，就在《幼獅少年》擔任美術編輯，日後成了知名的紀錄片導演，和我也是四十多年的朋友了。經由黃力智和劉嵩的引見，我和阮義忠第一次見面是在沅陵街上的一家當時極為流行的蜂蜜咖啡（還是蜜蜂咖啡？），咖啡館招牌上寫著「思蜜」兩個字。女老闆風姿俏麗，巧善周旋，而且有一種豪邁颯爽的英氣。我在那一天之前從來沒有喝過特調咖啡，黃力智說：「來杯藍山吧？」劉嵩說：「來杯爪哇吧？」女老闆說：「來杯曼特寧好了。」那我曼特寧好了。微酸。

一杯咖啡還沒有喝完，阮義忠就拒絕了我也來拜師學藝的請求。他的拒絕很明快：「你不會一直走下去的；我也不要把力氣花在不會一直走下去的人身上。」

話說得爽朗堅定，我大概有幾秒鐘的落寞，像接到退稿差不多。然而我皮粗肉厚，滿不在乎，還喝了續杯的曼特寧，一點兒不掃興地繼續聽他們三個人描述著跟阮義忠學暗房時種種非人的辛苦。

我非常羨慕那種事後回憶起來，帶著點兒過來人驕傲的那種辛苦。當下我就想著：這世上如果有一個師傅，無論是教我彈吉他、唱民歌、寫小說、或者是做任何事情，我都可以學的呀！不一定只有結構主義、詮釋學令人目瞪口呆啊！

據說：阮義忠一向在電視公司上班，平常工作上拍的照片，大概也和黃力智在中興大學拍的學者留影差不多。但是他自己的攝影實踐，以及帶學生的鍛鍊，卻是另一回事。往往利用任何一點可能的時間，南來北往，東邁西征，在台灣各地串走。用的是柯達**PX125**和**TX400**的黑白負片，極少數的時候，也會用上感光度只有64的彩色正片。於我這樣一個外行而言，黑白負片的迷人之處，恰是在拍攝者自己沖片、放大，也就是自己掌握暗房技術的整個過程。

透過阮義忠、黃力智和劉嵩看似雲淡風輕的閒聊，我才知道，他們已經跑了不少我連聽都沒有聽過的地方：北埔、八尺門、旭海、車城，還有爺亭。說是有一次在北橫等公路局班車，在候車亭壁上發現一張路線圖，上面盡是許多陌生的地名，有人說：「我們上爺亨去吧？」

後來，在阮義忠並不知情的情況下，黃力智和劉嵩也帶我去了爺亨。我從來沒有見過那樣一片從山腳到峰頂不下百數十層的美麗梯田。由於山勢陡峭的緣故，每一片田不過幾尺寬，然而，青碧色的秧苗在一層層狹窄卻蜿蜒綿阡的地勢映帶之下，比起看慣了的大片水田，要顯得益發曲折多姿，而且深邃。多年後我自己又開車去過兩次，卻發現當地的稻作農耕整體毀棄了，田土看上去蕪蔓荒涼，我也只能暗盼是我去的季節不對。

唯其當黃力智和劉嵩把他們剛從阮義忠那裡學來的本事對我「轉手教學」的年頭，大約就是一九七六到一九七九年之間吧，我身上出現了一種前所未有的、紀律的歸屬感。

除了跟著他們幾乎毫無目的地到處串走、按快門、取景、以及直覺去感應或臆測著「某個瞬間可能會發生一點能夠展現生活、捕捉現實的什麼」，之外，在居家廁所改裝的臨時暗房裡學會了使用柯達D76、D72顯影藥粉泡水讓膠片顯像，還堅守著每分鐘搖晃底片盒十五秒鐘的程序規定。黃力智不止一次地跟我說：「在阮義忠的暗房裡，你要是一分鐘搖不到十五秒，他就打開你的底片盒子！」換言之：若沒有那一點手藝人對工序和技術實務的堅持，我們口口聲聲所謂的報導、所謂的鄉土感性，也許都是虛假的。

「打開你的底片盒子」是一個噩夢，那意味著你先前的拍攝——匯集了生命中所有的奔波熱情而具現於那1/15秒到1/250秒的三十六格圖像將完全化為烏有，只餘一條全黑的膠片。

黃力智不僅知無不言言無不盡地把阮義忠不肯傳授的本事都拿出來，還送給我一台帶135長焦鏡頭的Nikonmat單眼照相機。他要買新相機了，他告訴我：「這一架Nikonmat太重，你拿去練手勁吧。」我當時並不能體會，那是他不希望我把送相機這件事看做是多麼大的一個人情而刻意輕易言之，等我明白過來這裡面的人情義理，黃力智已經從我的生活中遠走他方、不知所終了。

交代相機那天，黃力智指著思蜜斜對面的日本料理店——招牌叫「梅村」；問我：「喜歡吃日本料理嗎？」我說沒吃過。劉嵩驚訝地瞪大了眼睛，彷彿不能置信：「怎麼可能呢？」我又說了一次：沒吃過。

直到我完全聽信劉嵩的話，把一塊蘸滿山葵醬油的旗魚塞進嘴裡咀嚼一番之後用力吸氣再吐氣，因之辣得涕泗縱橫那一刻，劉嵩才肯相信：那一頓日本料理，就是我的第一次。

賈西亞．馬奎斯在《百年孤寂》開篇的時候就如此形容過：「那時世界太新，很多事物尚未命名。」我二十歲，人們對我無比地良善，我每天都經歷一些第一次，覺得那些充滿了驚奇和意外的事情或許應該就是生命目的。它們發生，猶如收攝進相機膠卷上的成相，再經由某種魔法般神妙的塗料顯影、固著，最後放大在二十四吋甚至四十八吋的相紙上，這是我日後寫作生涯與現實交織的一個隱喻嗎？

倒是黃力智跟我說過幾句話，我絕對不會忘記：「我們只買得起這種過期的相紙，它究竟能不能成相？定影之後又能維持多久？都還不知道呢。」

# 我們的賭徒生涯

## ——歷史小說家高陽、紙上風雲第一人高信疆、哲學史家勞思光，還有我

我的老台北沒有一定的空間坐標——有些時候，它漂浮在某些符咒一樣的話語裡面。比方說：「共同攜手度過交通黑暗期」。

年輕一些、沒趕上交通黑暗期的人是幸運的，你只消設想：從忠孝東路復興南路口到忠孝東路敦化南路口可以花費半小時，你就會理解：「交通黑暗期」非等閒物，更是何等「等閒」之物，「交通黑暗期」是有可能消磨你的人生黃金歲月的。

如果你問我：「你是和誰一起攜手度過交通黑暗期的呢？」我會毫不猶豫地答覆你：「當然是高陽。」

在遠離黑暗期之後多年，從忠孝東路頭開車開到忠孝東路尾也未見得需要花上半個小時的今日，我身邊大部分的年輕人已經不知道高陽是誰了，我想這也是生命知見之必然，沒什麼可以大驚小怪的，就簡單說：高陽是我的前輩作家，恐怕也是台灣唯一的　位歷史小說專業作家。就這麼說罷。

在我的記憶裡，無論是任何時間，我出入後來大家稱呼的東區，十之八九是為了赴高陽之約。他當時借居於《聯合報》老闆擁有的一間東區公寓裡，以主筆之銜供職報社，交稿就算上班，也是在東區。吃飯喝酒、還有不吃飯但是喝酒，以及喝酒又喝酒，也都是在東區。通常是他一個電話打到龍潭我蝸居之處，一句話問我：「什麼時候進城啊？」這就算邀約了，我的答覆也總是：「現在出門。」

一開始的兩、三回，他總會補上一句：「欠你的債務，今天要清一清。」他說的是我們一起參與過一次《聯合文學》主辦的作者與讀者聯袂赴日旅遊期間發生的事。

高陽是個不耐團體生活的人，京都奈良遊程未半就隻身脫隊先回東京，住進了新宿王子飯店，即使大隊稍後趕去，和他也是河水不犯井水。湊巧的是我和他都在正式的旅遊結束之後多逗留了兩天，我的任務是給當時尚未三通的對岸親戚匯款，他則是要去神田、神保町買書。我沒有料到，就在大隊人馬解散之後第三天，我完成匯款任務歸來，卻見他一個人在旅館地下一樓的大廳之中，顯然坐困愁城。

一問之下，才知道他打開了房間冰箱裡每一格飲料的蓋子，卻不知道那蓋子一經觸動，就須收費。他找酒不著，涓滴不曾入口，房費裡卻得支付大約三十罐飲料錢。加之語言不通，和櫃檯人員起了衝突。我為他排解了誤會之後，他低聲問我：「還有沒有敷餘的錢啊？」他的意思是要借，他還想再待幾天，逛逛神田、買買書、吃吃喝喝，但是他已經一文不名了。

最後，大約是向我借去了兩、三千美金，確實數字我也記不得了。然而，最初約我見面的幾回，電話裡他總這麼說：「欠你的債務，今天要清一清。」我們最常約的地方是如今已不在的環亞大飯店二樓日本料理店，吃懷石料理，喝X.O，但是他並沒有還錢。兩、三次之後，我才意會過來：「清一清」三字，在高陽的意思來說，從來就不是還錢；而他付的酒飯錢，早就不知超過了借貸額的多少倍。

如此訂交，前後多年，我才發現：除了應酬之會、點頭之交，高陽沒有朋友。

有一年除夕，我回父母家，他一個電話打來，說：「我就猜你是進城了！」我問他在哪兒過年。他說他在國聯大飯店訂了一個房間，正在自斟自飲，問我可能出門共飲否。我說大年下要陪父母。他說也應該。之後互拜早年，我也沒有多想。然而日後思之，不免憮然——他孤身隻影，怕不年年如是？再仔細一想：國聯飯店，離他借居之地、供職之所，都不過咫尺之遙，花一把錢，在滿城的爆竹聲中換個環境，給自己裝點一些異樣的生活情趣，我怎麼想，都覺得蒼涼得很。

那個年後，我主動聯繫他的時候多了，約者是東，但是從來不離大黑店方圓一里之內。大黑店是一家外銷成衣店，大尺碼、怪風格、新潮設計，與一般委託行或成衣店極其不同，有一種獨立的野性。我從來沒有進去過，但是據上個世紀末的城市觀察家和後現代主義論者聲稱：大黑店就是當時「東區」這個概念之下新商圈的幾何中心，以及精神核心。它意味著西門町的沒落，意味著新潮文化的起源，意味著一整個世代通過黑暗期的黃金年華。

有一回，我忽發奇想，說要帶他走遠一點，不要老在東區混，到中山北路德惠街、農安街，見識一下美式酒吧，帶射鏢的。他答應得很爽快，可是我一局 Mickey Mouse 沒打完，他仰臉在酒桌上已經睡著了。待他悠悠醒來，說了聲：「不過如此。」我說：這種射鏢運動源自英倫，風靡歐美；凡有吧檯處，即能射飛鏢，甚至還有國際賽事的。他仍堅辭不以為然，說：「你要刺激一點的，我們去玩一個地方。」

於是，下半夜我們又回到了東區。敦化南路沿白宮大廈一側轉入東豐街第一個十字路口西南角上。從街面看去，窄門旁窗小燈黑，一片朦朧，闃無人蹤，高陽領頭和門上值班看守的打了招呼，再開一門，裡頭敞亮了，也清涼了，更感覺鬧哄哄起來。人聲？不，完全不是人聲，是叮叮噹噹、錚錚琮琮、唏哩嘩啦、間雜著高亢尖銳的電子樂——人呢？一個一個安靜而專注地端坐在高矮不等的凳子、椅子、沙發上，人們操控著拉桿或按鈕，和面前閃爍著十彩晶光的螢幕搏鬥著，偶爾微笑，時而歎息，彼此沒有一眉一眼的對照。這裡是一個賭博電玩店。

依舊是高陽領路，帶我逕往地下室走去，那裡有比樓上看似尋常客廳更大不止幾倍的空間，一樣的敞亮清涼，一樣的叮叮噹噹、錚錚琮琮、唏哩嘩啦，也許是賽車也許是戰場上的電子配樂。

高陽揀了座相鄰兩個空位的機器坐下，指指他左邊的空位，示意我坐，他則從香港衫胸前的口袋裡掏出兩張千元鈔，讓穿呢子坎肩的侍者給換了兩籃代幣，接著跟我說：「師父領進門，修行在個人啊！」

在我的面前，是一台俗稱「777」的吃角子老虎機——大約過了半年不到，「777」成了「7777」，畫面由3×3格變成了4×4格，感覺到在拉柄的那一刻，操控上更精進繁複而且貼近高科技了。總之，毫不誇張地說：那是我成為賭徒的第一個晚上。

同樣是在東區，敦化南路東豐街口再往南走不幾步，敦化南路二段西側，有一棟在當時看起來極其宏偉摩登的大酒店，名字也和附近的什麼「財神大酒店」、「國聯大飯店」、「三普大飯店」迴然不同，它就叫「碧富邑」。

日後，拆除重建成辦公大樓的碧富邑，已全無昔日舊貌，而在上個世紀的八〇年代，它極度誇張的一樓挑高大廳，以及置於其中的超長迴旋樓梯，見證了當時台北人刻意展現其奢華、炫耀、虛榮，以及無所事事而引以為傲的氣質。在許多人的記憶裡，那個大廳的挑高都不一樣，有人說佔了三層樓，有人說佔了六層樓，有人記得挑高數十米……不一而足。我記得的則是白天裡這裡有開不完的娛樂圈記者招待會，入夜之後則有川流不息的盛裝美女和流連不返的記者。那時節狗崽還不夠多，也不夠壞，眼尖的記者在累積了夠多的記者招待會經歷之後，就會知道哪些盛裝美女是娛樂圈裡出來混外快的。外快如果實在不好混，那樣一個寬綽的大廳，也有足夠幽暗的角落能夠聊事遮掩姑娘們疲憊的容顏和憔悴的神色。

只不過「碧富邑」還有它的生意眼。當此地已經儼然成為文化娛樂圈最負盛名的約見之地，然而一個數百坪那樣空蕩蕩的大廳，原本就是設計了來「不從事尋常買賣的空間」，一旦招蜂引蝶且遠近馳名，卻又怎麼好不低調地運用呢？

不久之後，極簡主義室內風箏是低調地被保留住了，至於不能不賺的錢，又是怎麼賺的呢？某一個下著滂沱大雨的傍晚，我在前往「777」的路上經過碧富邑，原本只是想進去躲躲雨吧，不料一推開玻璃大門，就發現大廳裡每隔幾尺就設置了一張沙發、面對沙發的則是一張看似茶几的電玩機台，有的是小蜜蜂打外星戰艦，有的是坦克大決戰，有的是水果盤。音響的確也是叮叮噹噹、錚錚琮琮，只是聲浪不大，也沒有「拉霸」的唏哩嘩啦，無論什麼，都顯得高雅寧靜一點。

接著，我就在一張機台邊上看到了正在抽著菸按水果盤的我的上司，《中國時報》人間副刊主編高信疆。

高信疆不但是我在《中國時報》的上司，也是一把把我拉上報紙副刊編輯檯的師父，我該叫大哥、但是無如還是隨著人叫「高公」，那年他也還只有四十出頭。

高公發現是我，臉上透著些尷尬，彷彿做了什麼不大應該的事。他說約了人，但是對方遲到（我私心想或者是他約了人可是故意早到了來打水果盤亦未可知）。總之，那一天我告訴他：我知道還有個地方也有水果盤可打，而且不會像碧富邑這樣，過路的人人都看得見，也人人都認得清。說到後來，我說：「乾脆找一天我帶你去罷。」他說：「幹嘛還找一天呢？現在就去啊！」我說：「你不是有約嗎？」他說：「不管了，我們走吧。」那時我私心又想：其實應該原本就沒什麼約。

好了！高陽帶我的路，我又帶高信疆的路，有句話說：You will never know where education stops. 這句話說得太對了。世事往往無心插柳，不料卻百年樹人。高信疆顯然迷上了高陽帶我發掘的這一方洞天福地，而且顯然去得比我還勤快。我去的時候總碰得著他，至於我沒有去的時候，似乎他也不常缺席。他甚至還帶了新戰友，也是我認得的人。此公無論置身何處，總是三件頭花色西裝筆挺，與西裝同花同料的小禮帽，花領結、司蒂克（Sticker 拐棍），完全一副英國紳士派頭，他叫勞思光，我從十八歲就讀他的《中國哲學史》。

勞思光告訴我：他最喜歡的玩遊戲就是吃角子老虎，也決不碰什麼坦克車、水果盤。我問他為什麼？他操著湖南腔的國語，很嚴肅地對我說：「那些賭戲沒有格調。」

勞思光是個心思活潑、感知敏銳、氣質靈動的人。他在「777」機台前氣定神閒，從容不迫，有時（應該說經常）停下投幣或拉柄的動作，望著分割畫面沉思，有時竟長達數分鐘之久。我不知道他在想些什麼，也從來沒有問他在想些什麼。我總覺得他那些考慮畢竟是多餘的，因為他永遠只投一個代幣，任何考慮似乎都只是他對於拉下手柄之後落幣多少的無力猜測罷了。其間既沒有戰術，也沒有技術，所有的，不過是他偶然間綻放的微笑而已。

除了第一次「師父領進門」之外，我和高陽永遠坐在相隔甚遠的角落，高信疆由於打水果盤的緣故，總是一個人在樓上我稱之為「客廳」的場子裡。

勞思光就不一樣，他總會揀一個離我最近的機台，不時地傾身過來和我說兩句閒話。說什麼呢？有一次是說：他覺得我寫小說總像是在走鋼索，為什麼不到平地上跑兩步讓大家看看？有一次是說：他覺得「高氏打法」總有一天會出大問題。至於什麼是「高氏打法」呢？就是高信疆打電動玩具的手段，總是一次下滿注——如果拿吃角子老虎來打比喻的話，每一拉柄就擲下五個代幣。勞思光認為「每一擊都像神風特攻隊」，這種完全消耗戰鬥力的打法，到頭來一定會潰不成軍。

還有一次，他跟我說的居然是他寫了一首詩嘲弄先前在哈佛任教的漢學大家楊聯陞，那是一首七律，聽來聲調用典都極入港，可惜我當時在意的是賭，只記得那首詩的第一聯：「銳頂崇樓儼刺雲，晚鐘聲細尚徐聞。」說的好像是哈佛大學漢學中心的一棟建築。

賭賽是和機器相搏鬥，消費者就是花錢來浪費生命而已。高陽是最早入門的先行者，也最早因為生病而退出。我始終沒有問過他：連年買局，究竟蝕本若干？

我們四個彼此牽連的賭鬼在那一、兩年裡（或許兩、三年間），漸漸地只是在場中擦身而過的時候微笑打招呼，居然成了點頭之交。因為各顧各的，還就是不同賭盤賭具上的叮叮噹噹、錚錚琮琮和唏哩嘩啦而已。

多年以後，我和高信疆在北京重逢。那時高陽已經多重器官衰竭而病逝，勞思光換了外地縣市某大學任教，已經不在台北出沒，高信疆則遠赴北京去打一片不需要他打而他也打不下來的江山。用他自己的話來說，就是：「混著。」

那天我因某一個短期活動赴北京，和高信疆有一次難得的夜談。說到無話可說，他忽然問我：「還拉霸嗎？」我說不拉了。我也反問他：「還打水果盤嗎？」他也苦笑著搖搖頭，說：「賠進去一百多萬，早就不敢再玩了。」我說其實我也偷偷算過一本賬，我大概砸了二、三十萬進去。高信疆說：「聽說勞思光前後玩了兩年，居然不輸不贏，全身而退，真厲害，畢竟是哲學家。」

接著，他問我：「有沒有覺得那個場子有一種特別讓人放鬆、舒服的感覺？」我說：「特別敞亮、清涼。」他說：「有人告訴我那種地方冷氣機裡會吹出安非他命。」我說：「那要花多少成本？」他說：「不知道，真不知道。」

我知道我是為什麼不賭了，但是我沒告訴高信疆。那是我的一個秘密。我現在告訴你：最後一次我去場子一樓客廳換代幣的那一天，出納小姐把收放現金的抽屜拉開得老大，我一眼看見，裡頭是密密麻麻的窄小空格，每一格裡都放著一個小本子，五顏六色，但是大小款式則一模一樣。

我領了代幣，走回地下室的時候回過神來，那一格一格的小本子，都是存摺。我鄰座的這些哥們兒，就是把存摺押在櫃檯上的苦主。

那天我打完了最後一籃代幣，一個人走出東豐街，沿著敦化南路走到和平東路、和平西路，最後走回西藏路的家。天亮了，我爹問我：「忙到這會兒啊？」我說：「忙完了。」

# 想起那個對的名字

我的老台北沒有一定的空間坐標——有些時候，當我回想起一件意義重大的事情的時候，途中經常走到岔路上去，久久不回；原先那具有重大意義的事情反而溜了邊兒，變得不要緊了。

有一次，當某個出版社邀約我寫一篇回憶已故畫家鄭問的文章，準備收錄在紀念他的畫冊裡。構思之時，我不停地會想著和他一起為創報工作、一起到華西街用餐、一起看籠中之蛇的片段，卻總是為另一幕畫面打斷。那是在我結識鄭問之前十三年，我唸高三的時候，第一次去到華西街，而且還不是華西街的夜市，而是夜市西側更窄小的巷弄之間，是的，是那個知名的紅燈區，叫寶斗里。

那年年初，我剛一連拔了兩顆智齒，一張臉腫成個豬公模樣，四月間總統蔣公過世，學校裡諸般悼念活動接二連三，十分影響七月初即將到來的大學聯考，我想不只是我，全台各地整個高三一級的學子應該都是躁動、壓抑甚至憂傷的。

五月中旬的一個週末午後，父親一個同鄉同宗的至交之子（我平時都叫「大哥」的）來家作客。當時這位大哥大學已經畢了業，在一家相當體面的外商保險公司任事了，和我不一個世代，我視之在父兄師友之間，許多新鮮的知識和觀念，也是經由他才得以開蒙。

一九七五年春末五月的那一天，不知怎麼著，我和那位大學本科讀法律的大哥說起了人生遠大的抱負，我只記得我說得狂妄了，把一個我其實尚未涉足其間的社會抨擊了一個體無完膚。

至於是哪些語料話柄、哪些理念心事，由於時間相隔太遠，著實無從記憶，只記得在牙關疼痛之中，我怒罵著當時報紙三版社會新聞上不時出現的男盜女娼的消息——我甚至認為擴大死刑應該有助於疏解人口壓力。

大哥從頭到尾默默聽了，只是點著頭。如今想來，應該是容忍我胡言亂語作發洩吧？之後，接近黃昏了，他忽然起身對我說：「我們出去逛逛去。」

我們從西藏路往西，走到西園路，過橋折北，大約是在桂林路又轉西，不但到了華西街，看了許多剝蛇皮、耍獼猴的把戲，還看見一個鐵籠子裡關著一頭不停在唉聲歎氣的大老虎。然而在我日後的回憶之中，那些受困的野獸只是我自己處境的一個簡陋又淡薄的譬喻。大哥要帶我去看的，還不是這些。

是後來不存在的寶斗里。

蒼茫暮色之中，我第一次見識到天光為人面拉下如此相襯的暗淡情調。那些個明明白白不以為大哥和我會是主顧的姑娘們，用帶著洞明世故的嘲笑迎接我們走過，有的還會嗆兩句風涼意味遠大過挑逗情趣的葷笑話。我羞澀地跟著笑，閃躲著隨時可能觸身的搔抓撫弄。我可以感覺得出來：她們並沒有惡意，她們只是用看似逼使人來不及反應而只好羞赧以對的玩笑，當作她們被巡看、被蔑視之餘的一個反擊武器。

我們把每一個巷弄都走遍了，我沒有注意到那些姑娘們究竟是美麗嗎？年輕嗎？醜陋嗎？老邁嗎？到了後來，我對她們的外表只有一個印象——她們一逕是站在白晝與黑夜之間絕無一點真實的粉紅暮色裡，而那粉紅的暮色要比人的臉色膚色化妝色衣裝色更強烈濃豔無數倍無數次方……

踅回桂林路上，大哥問了我一句：「還說什麼男盜女娼嗎？」我沒有回答。多年後我讀清人錢泳的筆記之作《履園叢話》，引述潘榕皋的詩句說：「人言蕩子銷金窟，我道貧民覓食鄉。」才回神明白過這個道理來：我們不假思索而鄙視的人與事，就在那個最黑暗的角落裡，試著點亮我們被偏見或傲慢蒙蔽的眼睛。

接著，我要說的是另一個故事，另一雙眼睛。

一九八七年秋天的一個午後，我的老東家高信疆先生約我在當時開始號稱「東區」的一家酒館見面。我們倆從來沒有這種約法，因為情況實在特殊。見面第一句話，高公說的是：「我們來辦一份報紙吧？」

相較於整整七年前我離開高公麾下的昔日，進入八〇年代後期的台北有著明顯的不同，人們浮躁地盯看著股市指數衝向台北的制高點，聽著也說著財富重分配到別人口袋裡的神話，而所謂「台北神話」，正是我和高公約會的酒館的名字。「怎麼樣？我們來辦一份不一樣的報紙。」

關於幾個月以後誕生的《中時晚報》和那個時代其它的報紙究竟有些什麼不一樣？可能得寫一本專書才說得清。倒是高公想像中要和多年以前他戮力經營、引領風騷的「人間」副刊有些不一樣的晚報文學副刊，這是當下就考倒我的問題。高公約我談，就是希望我能主持這份新報紙的文學副刊。但是，誰能在高信疆巨大的身影底下想出什麼真正「不一樣」的副刊風貌來呢？別說風貌了，就連形狀也摸索不出吧？

「撇開『人間』編個不一樣的副刊？你吃我豆腐，高公。」我說。

我沒有想到高公立刻答道：「我有駱紳，你沒有，這是你吃虧的地方。不過——」駱紳是高公的學生，也是「人間」的頭號執編，多年來一直都為天馬行空的主編高公提供一切「使命必達」的編政服務。然而高公的話還有下文：

「你要是能有一個林崇漢，那就厲害了！」

我給尚未誕生的副刊起了個名字，叫「時代」。但是那個下午，一路用琴湯尼酒泡到黃昏深重夜色濃郁，我們倆都沒有想起：有誰能夠像當年的林崇漢那樣，以鮮活、細膩、無與倫比的宏大氣勢與寫實風格打造出「人間」的版面美學呢？那個人，會是誰呢？

「有的時候，」高公說：「成大事就是想起那個對的名字。」

那個名字是鄭問。我當天半夜想起來了！

不是要辦報嗎？發行人余範英很開心地帶領著第一批招募來的創報同仁參觀新建大樓，還只是個水泥框殼，看得出大堂挑高寬闊深廣，日後裝潢起來，自應有一份富麗堂皇的排場。

我們在粉塵和電焊氣色之間繞著粗大的水泥柱胡亂踱走，猜想各自都對解嚴之後萬船齊發的媒體大潮有著慌亂而興奮的遐想。鄭問和我一步一步踏著水泥樓階，甩開眾人，直上六樓。我胡亂指著某個角落，像是已經規畫好了、極有自信地對他說：「以後呢，我們就在這個位置上班了。」

實則我所指的位置後來是廁所。而鄭問看來一點也不在乎新的報業大樓究竟是個怎麼樣的格局、怎麼樣的門面。我之所以急著讓他去想像或感受大樓落成之後的工作樣貌，多多少少帶著些鼓舞士氣的動機——那是跟當下我們的處境有關的。

我們那時還沒有辦公室，甚至沒有辦公桌，參觀完施工中的大樓那天中午，我和鄭問才開始去購買「時代」副刊的第一批家當。那是兩把九十公分和六十公分長的鋼製直尺和一套圓規、一組極大的三角板、兩塊綠色的切割板、鉛筆、蘸水筆、還有些瑣瑣碎碎的文具。我們借用白天《中國時報》「人間」副刊閒置的辦公室畫版，在駱紳上班之前匆忙離開，還真有一種寄人籬下的感覺。鄭問在工作上對我提出的第一個問題是：「你為什麼要買兩塊切割板？」

「你一塊、我一塊啊！不是嗎？」

「你也是美編嗎？」他嚴肅地問。

我只是想幫忙罷了，可是這話一時之間說不出口。

鄭問接著說：「那就給以後再來的助理用好了。」

他始終以一種非常溫和的態度不讓我碰那些美工器材。

鄭問是一位傑出的畫家，我其實並不知道他究竟會不會設計版面。但是很快地我就明白了一個道理：那個人如果不是普通會畫，而是那麼會畫，那麼他一定也會搞版面。

不過，眼中只有「辦報」二字的發行人、社長、總編輯交代下來的第一個任務與設計無關，乃是：「中時晚報」四字報眉必須固定下來。根據報系創辦人余紀忠先生的意思，是要和「中國時報」四字完全吻合。

這兩個報眉相同者四分之三，即使從「時」字裡也不是不可以採下一個「日」字偏旁，作為「晚」字的部首。可是問題來了：「中國時報」四字，昔年乃是出自于右任先生手筆，三原草書書風著名千古，而他的碑體沉穩厚重，不但摹寫極難，就算是起于右老於地下，恐怕也未必能把自己數十年前的字臨摹到神形俱足的地步。

這件事，不是高公所聲稱的大事，但是鄭問觸手即成。是他，花了幾分鐘的時間，盯著「中國時報」的原紅色報眉看了個仔細，而後捉起水彩筆來，為那個「日」字偏旁添上了一個「免」，于右老的北碑雄豪之氣竟然一瞬間汩汩而出。

一般的說法應該是：從第一天上班開始，我就察覺鄭問不怎麼開心。但是，哪一天算第一天呢？說得準確一點：是南部老家傳來採訪主任陳浩的父親病重的消息那一天。有個不知道甚麼職務的同事林愷表示：怕陳浩心緒不寧，長途駕駛不安全，於是自告奮勇向發行人請假，說要開車送陳浩南下。就在一陣忙亂之中，鄭問忽然問我：「你們都很熟嗎？」

我說：「誰跟誰？」

看著匆匆穿過舊大樓長廊的兩個漸行漸遠的背影，鄭問說：「你啊，跟他啊，還有他啊？」

大家不都是這兩天才被挖了來聚成一堆的嗎？我搖搖頭，說：「不算很熟吧。」

「我誰都不認識。」鄭問仍舊看著空蕩蕩的長廊，說：「可是他要開車送他去台南——如果不熟，他們路上要聊甚麼？」

我沒有見過任何一個人像鄭問一樣，在你永遠不可能注意到的細節之中耽上老大的心思。我說的還不是畫畫，而是生活。

他不太說自己、從不提家人，絕大部分不工作的時候，他像是空氣一樣發呆。每當我說了一樁也許不足為奇的甚麼事的時候，他總會瞪大了原本就不小的眼睛，顯示出非常驚奇的模樣。起初我還以為我說的事的確別有一些讓人意外的趣味，後來才漸漸發現：鄭問只是用看起來很驚奇的表情來掩飾他根本沒有聽我說了些甚麼。而且，越當他對某個話題毫無興趣之際，他臉上的驚奇就越是誇張。彷彿他是兩個人，一個躲在另一個的背後；藏起來的那個冷冷凝視著這世界最表象的樣貌，以便隨時素描或臨摹；而面對世界的這一個，則不斷示人以「啊！好有趣、多有趣——我以前從來不知道！」的反應。

試版期很長，我們每一天上午八點到班，逐漸被高公那種二十四小時必須隨時隨地發動的精神所感染，經常到接近午夜還不能收工。經常出於一種彌補虧欠的心理，我總會在誤了晚餐時間過後拉著鄭問穿過報社對面的巷弄，到華西街小吃小酌。回想起來，他對飲食的興趣不高，晃來晃去，最後總是一家名叫北海道的燙魷魚蘸山葵醬和豬肝湯。然而沒有一回例外，無論是趁店家料理的時間、或者是吃飽了咬著牙籤散步回報社之前，他必然要繞到一家蛇湯店門口，把鼻尖湊在鐵籠上，仔仔細細觀看籠中蜷曲扭動的蛇，然後讚嘆地說：「真是漂亮！」

「可以回去了嗎？」我說。

「你不覺得牠們真的很漂亮嗎？」他說：「像游泳一樣活著。」

這是我永遠不能同意鄭問的一件事。他每一次都問我，我每一次都搖頭。接著，他緩緩搖動著臂膀，彷彿蛇就長在他的肩榜上，一路搖回報社。不過，在那樣一條短短的路程之外，我從來沒有看過他如何開心。

《中時晚報》開張第一天，他以極其精細的筆觸、九十度俯角，畫了一尊大砲。點燃砲火的士兵就像他在幾年以前的《戰士黑豹》以及多年之後的《東周英雄傳》裡那些讓角色肢體產生華麗動感的表現一般，使觀看者不由得不放緩了速度，必須以一種近乎凝視的姿態，觀賞畫面整體的佈局和細節。我對高公說：「大師（這是早年『人間』所有的編輯對林崇漢的暱稱）回來了！讀者不會看文章了。」

大砲是個「1」字，那是開張第一天的註記。第二、三天的版面則分別呈現了「2」和「3」（設若我的記憶無誤，那3字還搭配了三毛的一篇散文）。鄭問在第三天笑著告訴我：「這樣搞下去會死人。」

鄭問果然沒有捱太久，他很可能是《中時晚報》第一個離職的員工。離職的原因很簡單：他不能為了一份養家的薪水而放棄畫畫。高公在挽留他的時候的確使盡了種種高明的修辭技法，他高舉雙臂、彷彿招攬著數以十萬計的報紙讀者，其中一句是如此令我動容：「你的每一塊版面，都是讓幾十萬人目不轉睛的藝術品，怎麼說沒有時間畫畫了呢？」

高公畢竟沒有說服鄭問，但是那一句「目不轉睛」說得太恰切了。鄭問的漫畫作品就是在交織操縱著繁縟寫實與大塊寫意的筆觸之間，讓我們看漫畫的節奏根本改變了。有些時候，感覺他發了懶，刻意省略了角色身上的某些必要的繪飾。然而我們若是凝視得再久一點，或可以更有餘裕揣摩出畫家的意旨：省略了某些衣服上的花紋或裝具，正是為了凸顯角色的那頂帽子啊！可不是嗎？那不是普通的帽子，而是君王的冠冕——且看那冕旒，正在風中飄盪。

鄭問離職的那一天，職務交代給一個會畫可愛卡通娃娃圖案的小姑娘，就在他把切割板鋪在小姑娘桌上的時候，我不期而然想起幾個月前打電話給高公的那個深夜。

「我想起誰可以像林崇漢了！」我興奮地喊著：「鄭問。你下午說過的，要想起那個對的名字。」

這個名字陪伴我們的時間相當短暫，卻令所有目不轉睛之人回味深長。

# 台大醫院，還有麗水街染血的毛背心

我的老台北沒有一定的時空座標——甚至沒有一定的善惡座標，很多時候很多事情，連是非對錯都顯得模糊。

按法律說，我在麗水街金華街口犯過一件傷害案。犯在光天化日之下，在場的，有我的一個朋友，他沒有助拳，但是若無他的阻止，我的罪行可能還要重許多；除了他之外，在場有沒有路過的目擊證人，我當時並不知道、也不在意。但是，一連幾十記重拳和快腿，打得那人一件簇新的白毛線背心前胸上幾乎染滿了鼻血，我算是出了氣了。

陪同我的朋友大概是覺得一件染滿血跡的白背心太顯眼，還讓那挨揍的苦主把背心脫了，扔在旁邊巷子邊的水溝裡。

這件事過去了，我不常想起，想起了也沒有什麼感覺，好像打架或揍人並沒有什麼不尋常的，就是打了架、揍了人而已，這種事情就是會發生的。

故事是這樣說的，應該說這是老朱的故事。

老朱是我父親病後第一個看護，看護人員公司的老闆親自帶他到病房，說此人非常優秀，既勤快、又和氣；老朱自己則說他不是幹這一行的，他原本在作生意，生意垮了只好出來賣力氣。因為認命的緣故，所以不像年輕人，這山望著那山高，才吃一點苦，就不太本分了。我終於放了心；問老朱貴庚，他說他身體五十，頭腦四十，心情二十。

老朱對付病人是有一套。他讓原已灰心喪志的父親每天懷抱一丁點新鮮的小希望做復健。比方說：父親能彎身從地上拾起一個橘子，他就說：「好極了，明天我們就可以拾起一顆蓮霧了。」等父親拾起了蓮霧，他就說：「太好，明天我們拾一支筷子。」拾起筷子之後，他就說：「明天我們拾迴紋針。」期間從來沒有一個「明天」父親真地做到過，可是，多少日子下來，老朱總會這麼說：「你看，昨天我們連橘子還揀不起來呢！」父親點點頭，接受了老朱的騙局。

老朱還擅長工筆畫，可以比著一張三乘五的照片畫出一幅四開大的畫像。沒事的時候他就在病床旁邊支起畫架，給醫生、護士們的家人畫像。材料不過是水彩，功力卻頗似照相寫實的大師。我稱讚他有藝術家的天分，他說：「談不上，不過我是畫佛像起家的，把每個人畫的有點佛樣，大家就高興了。」然後他留了個呼叫器號碼給我，說：「有誰需要在家裡掛佛像的，你給我介紹介紹生意。」

話說過之後，我並沒有特別幫他留意這門生意——坦白講：誰有那麼些朋友會要在家裡掛佛像呢？而老朱似乎也沒把這事放在腦子裡；正經一本地，他總和我用一種有如學術討論的口吻、相互參詳著彼此對我父親病情的看法。他認為父親不該吃太多軟便劑，「那是有依賴性的。」老朱說：「我照顧的病人都不必吃軟便劑；我用這個。」他衝我比了一根食指。然後提醒我：幹這一行不能怕髒；有時候怎麼髒怎麼有效。我說你真的很專業，他說你真的很廢話。

老朱還說過：他極不喜歡在口頭上要槍花兒，所以從前作生意吃過很多虧，老婆孩子也不欣賞他——可是他沒辦法，就是一張硬嘴、倔嘴、刀子嘴。這張嘴不肯說好的，但是喜歡吃好的。別誤會他在向病家討東西吃，老朱自己會做——他只需要我提供一個小電鍋和一支電湯匙。醫院當然不許家屬和陪病員在病房開伙，可老朱不同，他都打點好了，只要不冒油煙，都在醫事人員容忍的範圍之內——我想一定是那些老朱給畫的佛像起了一定程度的作用，讓人寬慈通融不少。而在老朱的策動籌畫之下，那一年的除夕，父親住的十五病床和隔壁的十六病床還搞了個火鍋大聯誼。我帶餃子去的時候老朱一斜眉，瞪了我一眼，道：「怎麼沒有帶大蒜？」「素餃子配什麼大蒜？」其實我是忘了，沒想到老朱笑了，道：「你倒是很專業嘛！」

他喜歡做人專業一點的——他的意思做事做得不外行。就拿父親的復健活動說罷——幾乎每天下午院方都為父親排有固定的課程。在碰上某些復健師的時候，老朱會特別擺下一張臭臉，與人對話的口氣也十分不友善。我問他為什麼他的臉看起來像給塗過一層大蒜，他說他生來就這樣。我說有時還好，他說他看到這種人就想變臉，這是沒辦法的事——中華民國不管哪一行、哪一個專業，十之八九的人都在招搖撞騙。「你怎麼知道人家不專業？」我說。「你爸爸肌肉都已經開始萎縮了，還不讓他戴護膝，呿！穿一身白制服就是醫生了嗎？我老朱還穿白襪子呢。」老朱認為我們應該自備兩個護膝，每天上午也練一練，晚上也練一練；不要只想著到課堂上，排隊等器材的時間都浪費掉了。然後他非常鄭重其事地告訴我：「把病人往復健室一丟，這個想法是不對的；要把復健室裡的東西帶回病房裡來。這是個觀念問題。」

我父親在七十八歲那年才遭遇老朱的觀念可說是個劫數——他已經沒有體力和意志成為一個「重新站起來走路的人」；老朱說他消沉、頹廢，比素餃子還沒勁。

日子又過了一、兩個禮拜，我發現病床的氣氛有些不對勁了。臨床的病家會向我抱怨：老朱帶她看畫像的時候會毛手毛腳。我父親則說：老朱按摩的手勁兒時而像搔癢、時而像揍人。隔壁病房的看護居然告訴我：老朱向他調頭寸。聽見這些的時候，老朱都不在病房裡。事後他告訴我：他去看牙醫。對於毛手毛腳的指控，他的解釋是：人家誤會了。按摩手勁兒忽輕忽重則是他獨創的鬆弛療法。至於借錢方面，他說：「不是我借的，我二十四小時都在醫院，哪裡花得到錢？借錢的是外科一對孤兒寡母的病人。」他從前照顧過那母親。

又過了一個星期，他告訴我：父親個子高大，得換新的輪椅和助行器，才能符合體型，達到最好的復健效果。我說好。他說他已經付過錢了。那一天，一位護士告訴我：請到老朱這種看護是我運氣好。我問她為什麼。她說：「他是那種愛管閒事、樂於助人，嘴上話不多、手腳比誰都俐落的人。」

我想起一些做大事卻受冤屈、背罵名的人。這種人好像在中國的歷史上特別多。他們之中有的很能幹、有的很有眼光、有的十分有魄力，總在不太對勁的時代裡掙扎著綻放些許光芒、照亮黑暗的角落；卻旋即被誤會、攀誣、構陷和侮辱。我想得太遠了，可是老朱十分吻合這種角色的輪廓。他不是善於替自己辯護的那種人。我猜。

隔一天我再去病房的時候，老朱正在畫一幅佛像，鄰床抱怨過他的病家喜孜孜地告訴我：這幅像是老朱畫來準備送她的。她還說：「老朱說佛不疑不懼，所以佛不生病，也保佑人不生病。」老朱在一旁正色應道：「你別再胡思亂想，就可以出院了。免得壞了我的名節。」

那時我反而慚愧起來——不過，我慚愧得太早了些。

那年二月下旬我赴美國開一個研討會，行前和老朱碰了一面，正要拿一筆預付的看護費給他時，他說：「你父親在我手上，難道我還怕你跑了不成？回來再算罷。」

十天之後，我回到醫院，發現父親落到另一個看護手上了。母親告訴我：老朱不幹了，走之前向她要去了他代墊的輪椅、助行器以及護膝、充氣椅圈、防褥瘡床墊等費用，還預支了二十天的薪水。這還不算，看護人員公司的老闆還警告母親：倘若再不補繳過去積欠了一個多月的看護費用，就不能再派員來照顧病人了。「怎麼會積欠那麼多錢呢？」我問道：「不是都按時給了老朱的嗎？」母親說：「老朱跟他們公司說我們家屬窮，繳不起；他把錢從中都給截下來了。」

這也還不算什麼，鄰床那一心巴望著能有一幅手繪佛像的病家哭喪著臉跟我說：老朱告訴她，他要買點特別的畫材，畫起來保證金碧輝煌、佛光普照。可是這種材料裡摻和著金粉，十分昂貴，老朱不能搭上人工、還賠了顏料錢。於是那病家只好補貼了一大筆金粉錢給他。「結果只剩下這個——」她指了指掛在病床對面牆上的一張草圖——還是十多天以前的進度：滿紙以極細且既準又穩的硬芯鉛筆打上了密密麻麻的底稿，其細膩精緻，有如清代宮廷御用西洋畫師所繪之達官仕女圖。我在那底稿前面默立良久，聽見隔壁那看護也來了，他告訴我：整層復健科病房的病家、看護幾乎都成了老朱的債主，「我們」所有的損失不下三十萬。最令我氣憤的是：父親的復健進度嚴重落後，且精神頹喪至極，據說是老朱落跑之前慘遭他言詞羞辱了幾次所致。

老朱顯然計畫好了要等我離開的那十天才下手，因為算來算去，母親這邊的損失幾乎是他訛款總額的一半。我是肉頭，是肥羊，我能做什麼？不急！我還有他的呼叫器號碼。

過了兩天，我來到一家熟識的餐廳，和那店東說明原委，他答應幫我一個忙，設個佛像局。由這店東撥呼叫器號碼找老朱，等他回電話時告以本店景氣不好，看風水的說需掛佛像一幀來改運，聽說這號碼的主人能畫佛像，特別重酬相聘云云。這樣做是要冒打草驚蛇之險——誰知道老朱是不是把呼叫器號碼和介紹佛像生意這兩個線索捻成一股而只告訴了我呢？

不過，十分鐘之後他回了電話，與店東約定次日中午來店裡談細節。也許是怕拖久了又生變化，老朱在接下來的幾個鐘頭裡又連著打了七、八個電話來向店中侍應生、出納等人探詢景氣、風水等狀況，最後終於敲定：當日黃昏即來店裡「看看環境」——因為我自己冒充店東的老父親，說一口揚州話，約這位大畫家前來喝一杯、吃一頓。

老朱不該貪吃又心急的。他在路口被我堵個正著。據一旁勸拉我住手的朋友說：當時的場面「好像電影一樣」。我出手不輕，把老朱打得渾身是血、腦袋也腫了、鼻樑也歪了、一隻眼睛也只剩下一條縫了。後來我才知道：這一頓打並不光彩：他已經快六十歲了——他出生那一年正是抗戰開打的那一年，比他當初告訴我的年紀大了十歲。至於那些騙去的錢，他說都在廣州街、三水街的花樣餐廳嫖光了。有一點他沒騙我：心情二十歲。

你抓到一個騙子，當街把他扁了一頓，氣消了，旁邊的人提醒你：再打下去會出人命。這時候你能做什麼？我看老朱一眼，開始覺得他有點可憐了。

最後我把他帶回那家餐廳，讓他去梳洗一番，同時打電話把他那家看護人員公司的老闆叫了來。那老闆告訴我：老朱是廣東人，早年在香港作生意，結了婚，有了子女，一切都不算壞，可就犯了色戒，姘上一個不該姘的女人。我問老朱：有該姘的女人嗎？他說說這些沒意思。總之：老婆跟他離了婚，帶子女遠走加拿大，他生意也泡了湯，一個人混到台灣來能幹什麼呢？聽說大醫院陪病員是個行當；市場大，機會多，碰上出手闊綽的病家還可以狠撈幾票，所以就入行了。可是，「沒辦法的事，我喜歡玩玩兒。」他說。他指的是女人。別處的女人「好玩的玩不起，玩得起的不好玩」，於是他發現了廣州街、三水街、梧州街一帶名為餐廳、實為淫窟的聲色場所。「你們家的錢、還有向旁人借的錢、還有公司的薪水、還有我給人畫像的錢、畫佛像的錢，全都花在上面了。」他說。「應該說仐都花在『下面』了。」我說。他說說這些沒意思。

那位阻止我鬧出人命官司的朋友不忍地問道：「聽說你畫畫得很好，為什麼不多畫一點？」他的意思可能是勸老朱多幹點正經事，少過點荒唐日子，可我認為這純屬書生論政，完全不著邊際。因為老朱的人生既以打炮為目的，就不會把精力浪費在畫畫上。可是老朱那隻腫得像芭樂的眼裡居然掉下淚來，隨即道：「承蒙你這位先生看得起，我當然不想再這樣混下去了。只要真有人看上我的畫，我什麼都可以不做，全心全意只畫畫的。」我說不要放狗屁，你老闆馬上就要帶你回去了，起碼你得幹看護幹到還清債務，才能去當藝術家。老朱卻一發不可收拾的流著淚，道：「沒辦法，我聽見人誇我畫得好，心裡就難過；你知道的，我不是天生給人把屎把尿的。」

我猜想：一定是受了那些潦倒藝術家傳奇故事或誇張傳記的影響，我和我那朋友多多少少有存心幫助一個藝術天才的念頭。結果我的朋友當場從口袋掏出兩千塊錢資助他——因為他落跑的這幾天窩在重慶北路一家小旅社，卻嫖得連房錢都付不出來了。我則一口答應：到廣州街一百九十二號七樓的天香閣餐廳去幫他把他的身分證贖回來——他欠那裡五千四百塊錢的不知道什麼花銷。他呢？他的允諾是跟老闆回去好好工作償債，並且當場把行騙所得的款項寫在一張張借據上，有的給了我、有的給了他的老闆。藝術家老朱臨走時和我那朋友熱情握手，滿眼淚珠，所謂「竟執手凝咽」。

不數日後，我打電話到天香閣詢問老朱此人是否欠款壓證，所得到的答覆完全不錯：五千四百塊錢、一張身分證。就在我準備再當一次傻瓜、帶錢去替他清賬的時候，他老闆打了電話來，說老朱又落跑了；還好這次騙的沒上次多。

我一度懷疑這老闆是一切勾當的幕後主使人。可是繼而一想：不對！嫖女人的工具就長在老朱自己的褲襠裡，干別人什麼事？老朱說過：佛性不疑不懼；我不應該隨便懷疑人家。

十多年之後，我在某一天的清晨，來到台北火車站嶄新敞亮的大廳，準備搭高鐵下台中去給一所知名的高中作一場關於小說寫作的演講，就在東側門邊的7-11門口，我一眼看見了那個當年挨揍的傢伙。十幾二十年過去了，他早先欠我的好幾萬塊錢債務還是分文未了，從外觀上說，他沒有什麼不一樣，也許頂上的白頭髮多了幾莖，可是髮絲稠密，人看起來也挺精神，雖然還是一副晃晃蕩蕩、遊手好閒的模樣，卻依舊顯得很有幾分精神，乍一眼接觸，你會覺得他正準備展開很有精神、很有幹勁兒的一天。

我緩步走上前，擋住了他的去路，算是帶著點開玩笑的意思，對他說：「還不還錢，是不是還想挨揍啊？」

他決計沒有想到居然會撞上我，就像我決計沒有想到居然會遇見他一樣罷？但是他顯得很從容沉穩，無論是債務或暴力，似乎都不構成半點威脅，他毫無表情地說：「無論怎麼說，你打我我是可以告你的。」

「這樣說就太見外了吧？」我說：「老朋友見面，沒別的好聊了嗎？」

我這時才注意到：他身上還是穿了一件淺藍色的毛背心，相當有風格的。

「你不應該跟我談錢的。」他仍舊面無表情，接著說了句比出色的衣裝更有風格的話：「我不喜歡談錢這種事情。」

他就是老朱，我寫過、也跟很多人說過他的故事，但是沒有想到他會如此從容淡定地冒出這麼一句讓我一生敬佩的話來。

# 無照駕駛去龍坡丈室

## ——從新莊中正路510號，到溫州街18巷6號

我的老台北沒有一定的時間坐標——這事並不普遍。

大部分的人，總會在說到什麼事情的時候註記一句：那是發生在民國多少多少年，要不就是西元或公元多少多少年。就我記憶所及，古人裡面，刻意抹去時間坐標的人總有其特定的政治懷抱。比方說，陶淵明於劉裕篡晉、自立王朝之後，改名為潛，意思就是自明心志，隱於巖穴之間，潛藏不出了。然則，陶潛也就和劉宋王朝的紀年曆日再也無關了。我的老師臺靜農先生也和陶公有一樣的感觸和懷抱嗎？我不敢說。但是，他寫文章——比方說，那本《龍坡雜文》吧——每一篇落款皆為西元紀年，但凡是內文敘述所及，不能不申明者，

有用民國紀年者則用之，而在他的書畫作品落款處，絕不用民國。

民國六十八年九月，我進入輔大中文研究所讀書，得以在每個星期三上午修臺老「治學方法」的課，整整一年。我還記得當時中文系上上下下、從老師到助教，人人都會在說到這堂課的名稱的時候，把「治」發音成「持」，而不是「至」——中文系的學人一定會這樣講究。

倒是臺老師，帶著他那安徽鄉音提到這門課名稱的時候，誰也聽不清他發的音是「持」、還是「至」，學問大不大，畢竟不在這一個字上。我倒是可以把這一整年的上課心得先用一句話來描述：「溫柔敦厚」之艱難、之可貴、之必然有其淵博通達的國學根柢。

臺老的醇篤狷介、平易豁達，應該有許多前輩的師長比我領會得更深刻；忝列臺老眾多門生之末，我僅能就一些斷片也似的記憶，摸索出十多年來自己孺慕困學而遙遙不可企及的長者範型，在一九九〇年十一月臺老過世之後，此一範型似乎也別無覓處了。

「治學方法」只是課目，臺老從未在堂上「傳授」什麼「方法」，他的教材是從晚清到民初之間一些在他口中稱之為「老輩兒」的學者（如康有為、梁啟超、蔡元培、章炳麟、王國維、以迄於陳獨秀、胡適之等——同學們各自挑一個有興趣、能理解的對象——我挑的是劉師培），在一個「學術分工」並不十分精細的時代裡，必須出入文史哲各個領域，去摸索這些臺老師稱之為「老輩兒」人物的經歷和思想主題。

對於當時尚渴求一「方法」以「治學」的我來說，這門課完全不如預期中那樣可以為我打造出一把通啟某科或某些科學問的「萬能鑰匙」，我便有些焦急起來。

不過，我當時佔了一個小便宜。這要從完全不相干的另一件事說起。

從進入研究所深造開始，我就打定主意要開車去上課。於是，入學前的那個暑假，我就到處物色，看看能不能從朋友、或者是朋友的朋友手頭取得一輛便宜的代步工具。事實上這事並不困難，我身邊還真有好幾個擁有車況不壞、也隨時願意脱手的車主，很快地，我就以六萬塊錢新台幣的代價成了有車階級，我的座駕是一款不知道已經第幾手的寶藍色裕隆Sunny301，就是一般計程車的那種款式。我每天把車停放在家門口，也不會有人來搶車位。有課的那天就早早發動，讓引擎慢慢熱起來，開十五公里到學校。那時候，不過是民國六十八年，世界還不怎麼複雜，無論是在校園裡或是道路邊，雖然到處都沒有畫上停車格可以停車，可是到處都可以停車。還有，就是我沒有考上駕照。

縱使沒有駕照，我依然可以在每週三中午下課之後，把臺老師迎進Sunny301的後座，載著他老人家回家，那裡是溫州街18巷6號。既然充當義務司機，每星期就添了一個鐘頭的時間可以讓我在車程中不時地向臺老師請教各式各樣的問題——我剛說我佔了便宜不是嗎？

上學期結束之後，在假期中我依照課堂上隨手摘記的綱要尋找名家著述捧讀，才發現原先我那「萬能鑰匙」的期待是何等的「功利」。在十九世紀末到二十世紀初的三、四十年間，「老輩兒的老輩兒」的學人之所以能為近代中國思想史開創一個黃金時代，實非得力於「某一方法」。臺老大約也只是藉著這課目，讓如我一般執迷於「萬能鑰匙」的學生領會「方法」原本寄託於材料之中，而非可持之以揀擇材料。

民國六十九年春夏之交，為期一年的課程結束，我在最後一堂課下課之後送臺老由校返家，車程中我說起自己蒐集一些雜誌的小嗜好。臺老聽著，忽然問我：「你怕狗不怕？」我說不怕。「那好，」臺老眨著眼說：「你幫我一個忙，我那裡有些書，你要是喜歡儘管拿去；就是院子裡有條大狗，也不真咬，看著嚇人就是了。」

那一天，臺老在炙熱的陽光下拴了狗，打開院中那間小倉庫，裡頭赫然是滿坑滿谷的書籍。「儘管拿，要是能，你就通通搬了去。」臺老一面說著，一面順手遞給我一本《大陸雜誌》第一卷的合訂本，約莫由於年代久遠，原先的封皮已經脫落（或者根本沒有封皮），而這一本卻有臺老親自題寫裝貼的書面紙封皮，封面右下角還畫了艘乘風破浪的古船。臺老指著封面上的題字和畫說：「這是孤本。」我說：「題字歪了。」「所以才是孤本，哈哈哈！」

此後我就常往臺老的「龍坡丈室」走動（龍坡：是臺老的號，丈室：形容窄小的房子），偶爾提起那不下千本的贈書，以及在某書中發現臺老信筆題記的字句或是練習書法的散碎紙片（其中還包括一張《臺靜農短篇小說集》的合約書）。臺老總是「哈哈哈」，說：「扔了扔了。」我始終沒聽他的話，每回拜訪也總要把他的某篇文章、某句批註乃至於某紙書法搬出來討教，臺老仍像對待那些川流不息前往「龍坡」的訪客、門生一般，在「哈哈哈」之餘讓求教者「儘管拿去」。

這「儘管拿去」的從容與寬慈可能是多年來使臺老日益疲憊的主要原因。民國七十年夏，臺老應我的「求索」寫了一幅杜甫〈客至詩〉相贈。隔年初，也就是農曆的臘月二十三日，我和老友陳怡真（也是臺老的學生）為了《時報周刊》的春節專號求了一幅「竹報平安」的題辭，臺老當下揮毫，直道：「交差、交差。」卻未停筆，反而笑吟吟地說：「今天是『祭灶日』，有賞。」結果我和陳怡真意外地各自捧回一張畫。我手邊的一幅是墨梅，題辭是「背人偷折最高枝／清香滿袖猶記畫堂西」。有趣的是點綴畫面的幾方朱印。一方是漢舞俑，另一方「靜者」印顛倒了，我即說「反了」，臺老便在下方補了另一枚「臺靜農」，一邊說：「反了要罰。」於是又在畫面右方多蓋了一枚，我和陳怡真都認不出那印上的圖案是什麼，臺老又是一陣「哈哈哈」：

「是個狗頭！小狗子的頭——我記得你說不怕狗的嘛！」從那條護書的大狗到這枚補畫的小狗，其間不及兩年，臺老的精神雖猶矍鑠，我卻隱隱然感到一絲不安；有多少懷抱著虔敬景慕來探望臺老的訪客、門生在他「儘管拿去」的方便門下，反而無意地為臺老平添了不得清靜的攪擾呢？

七十二年秋，我即將入伍，便邀另一位好友王汎森同去向臺老辭行。臺老和汎森談起書法，說他總是用墨汁，懶得磨墨。「那太費事，磨半天，寫不了一點點。」說到這裡，臺老嘆了一口氣，還搖了搖頭，道：「現在應酬太多，這人也來找寫個字，那人也來找題個辭；還有些惡劣的，直說不必題款，不必題款是什麼意思？就是他要拿去賣的。應付不完，簡直傷腦筋。」幾句話才講完，門外又來了人，不消說：是來拿字的。

臺老的訪客、門生倘若是他最大的「財富」，這「財富」大約也是他最大的負擔了。對於一位垂暮的老人而言，從容寬慈總也有不勝承荷的時候。從民國七十三年起，我總謹守著一、兩年一度的探訪，也不再討教那種令人「傷腦筋」的問題。反而經常漫扯一些閒話（gossip）。臺老似乎在閒話裡很能得著興味，也對即使無聊的某人某事顯露出孩子般純粹的好奇；聽他：「哈哈哈！有這種事？」我彷彿覺得對臺老的啟迪和教誨總算做了點不及萬一的答報。

比方說：我沒有駕照，卻開著車到處轉悠這件事，原本不值得一提。可是有一天和班上的同學們連袂拜望臺老，卻被當作笑談起了底，那幾位同學還你一言我一語地數落我當初還敢「載著臺老滿街跑」。臺老似乎渾然不以為意，還問：「沒有駕照怎麼了？」同學們當然不會放過繼續告狀兼責備我不負責任的機會，臺老聽完了，哈哈哈一陣笑，接著說：「那就去領一個執照吧。」我說太難了考不上，尤其是要考S形路面前進後退——世界上根本沒有的路面。臺老聽罷了歪著頭一陣沉吟，冒出來一句：「是啊！現在無論做什麼，都要考你一下；考試真是發達了呀！」我聽了不免暗喜：起碼老師不像是有責備我的意思。

「龍坡丈室」裡的笑語歡談，一直維持到一九八七年，我還是沒有駕照。

兩年以後，台大強硬收回這一片地產，臺老被迫搬遷，陳昌明先生在他的

〈地誌書寫：溫州街〉裡有非常動人的一段描述，足以成為刻劃歷史場景的畫面——

一九八九年台大有意將溫州街十八巷的老宿舍改建，臺老師必須從六號搬到二十五號，住了四十多年的家，當然不捨。前幾天我就先到臺老師家協助整理，搬家當天，我又邀了幾位學弟，臺先生坐在書房藤椅上安排，林文月老師仔細照看，張亨、彭毅老師與中文系助教也來幫忙。當大家陸續把東西搬過去之後，我看到臺靜農老師緩緩起身以雙手抱著魯迅的陶瓷塑像，步履莊重而沉穩，像《儀禮》中的祀典，一步步走向二十五號的宿舍，那是一種極慎重的態度，一種精神儀式，是不能假手他人的，當我回家後還感受到這股神聖而隆重的氣氛。

臺老解脫塵劫，我再度捧起當年那本「孤本」的《大陸雜誌》，再讀一次他撰寫的〈談寫經生〉，心頭忽然別有體悟。

〈談寫經生〉裡有這麼一小段：

佛教徒的觀念，寫經原是一種功德，於人於己，都有妙用，正如《法苑珠林．敬法篇．述志部》所云：「受持一偈，福利弘深，書寫一言，功超數劫」，其功德之大，可以想見了。

臺靜農先生，我的老師，師承魯迅，於一九四六年來台，第二年就因魯迅之故友（也是臺老的老師）、同時也是台大中文系主任許壽裳先生的推薦，成為台大中文系正教授。

再過一年，一九四八年，許壽裳先生在溫州街18巷的寓所，於睡夢中遭人殺害。

臺老的〈追思〉一文，即是為許壽裳先生所作，其中有這樣一段文字：

我現在所能記下的只是與先生的遇合，所不能記下的，卻是埋在我心裡的悲痛與感激。先生之關心我愛護我，遠在十幾年以前，而我得以在先生的左右才幾個月。這些天，我經過先生的寓所時，總以為先生並沒有死去，甚至同平常一樣的，從花牆望去，先生正靜穆的坐在房角的小書齋裡。誰知這樣無從防禦的建築，正給殺人者以方便呢？雖然先生的長厚正直與博學，永遠的活在善良的人們心中的。

臺老所描述的、從花牆外看進小書齋的情景，就發生在一九四八年二月十八日下午，臺老和同事魏建功還去隔不多遠的許家拜訪，當天晚上，許壽裳就遇難了。

那也算是模模糊糊的「龍坡里」這個範圍之中所發生過最令人傷心的一件事了吧？有一次，聽說臺老身體微恙，我和韓國同學柳亨奎一起去探望，進了門才發現一切如常，臺老沒有生病，不舒服的是他的小孫子，好像是在嬉戲的時候不小心，眼睛受了傷，老人家疼孫子，也不知道日後會不會長期影響視力，自然憂形於色。可是，臺老還是把我們迎進了書齋，談了兩個鐘頭，賞了兩張字畫。然而這一次令我念念不忘的，是臺老居然主動談起許壽裳先生的死。

當局對於那一起命案的偵查和審判都辦得極有效率，不數週內，以竊盜殺人審結，凶手隨即伏法。但是臺老的神情卻極為憤憤，他緩慢而堅定地抬手一指窗外的花牆說：「事發前幾天，巷子裡就隨時有人輪番盯梢，你說：這怎麼會是小偷兒呢？」

臺老搬進溫州街18巷6號之後不到一年，許壽裳先生不明不白地遇難，日後許多文史工作者提出種種質疑，認為當局對親近左派知識分子的疑慮才是開啟殺機的關鍵。陳昌明先生看見臺老抱著魯迅瓷器塑像的一幕，恰可以和臺老自己寫給李霽野的信中所述情景相互對照，其灰心喪氣，竟貫穿了老學人、大藝術家的生平，臺老的信是這麼寫的：「正準備搬出龍坡里，天天在整理書籍，……四十二年老窩，一旦被逼『掃地出門』……為之喪氣。」

關於臺老，我們這個社會的集體記憶還剩下什麼呢？好吧，還剩下這一段，有著時間座標的新聞，二〇二〇年一月二十日，新冠病毒正要如火如荼的展開新的一年，歲次庚子，新聞是這樣的：

臺靜農在台居所目前只剩溫州街25號這棟，數年前首次文資會勘時，被評沒有文資價值，台大日前因此招標拆除，拆除費22萬6千元。經蕭文杰等人抗議，台大表示將委請建築師申請暫緩拆除執照，北市文化局也說已通知台大暫緩執行拆除作業，並在蕭文杰等人提出文資新事證後，即將重新會勘。

# 菜園外的吉普墳場

我的老台北沒有一定的空間坐標，我只消舉一個窗前的景象作例子，你就會明白，這不確定性的意義了——或者，你也可能陷入更深的困惑；不過，即使是困惑，也會讓你有如走迷宮似地興味十足，因為縱使在迷宮之中，你並沒有真的那麼想要「走出去」、沒有真的那麼想要來到出口。

那是一面臨著一大片荒地的窗子。我生平第一次擁有自己的房間裡唯一的一扇窗子，四邊四角四尺四方四格毛玻璃，所有居住過「改建」之後的眷村的人都應該記得也一眼就認出這種窗子。

有那麼一個週日假期的上午，我跟隨父母親搭12路公車從起站的遼寧街長春市場、坐到底站中華路二段南機場公寓，來到剛剛完工的新家看看。當時，全村住戶開了一個罕見的大會，家家戶戶都得參加，現場公開抽籤確認日後居住樓層的程序之後，人人都知道自己日後的「新家」門牌號碼了，我們家抽中了一樓，父母親很開心，因為不必爬樓梯。我有些懊惱，因為不能爬樓梯。

父親到了搬遷前夕才願意來看一眼日後一住就是三十年、建坪十七坪的小小公寓。那時即將交屋了，我們全家也都是第一次要體會頭頂上睡著人的新居生活。父親在四壁會發出蕩蕩回聲的新屋裡指著我的房間說：「恐怕都要關囚牢。」我開了房門，迎眼就是那扇四四方方的窗子，拉開窗子一看，一片既不平整、也沒有邊際的荒地，堆滿了不知幾千輛破損、鏽爛的吉普車，幾乎每一輛的引擎蓋上都噴了白色的五角星。老實說：我一點兒都不覺得訝異，那不是很常見的嗎？電視影集《勇士們》、《敵後突擊隊》和《沙漠之鼠》裡幾乎每個鏡頭都有的東西，這時——即將進入一九七〇年代的風雨晨昏，不正是越戰打得最熱的時候嗎？那幾千輛軍用吉普車就在離我房間的玻璃窗前不過幾公尺開外。父親所謂「囚牢」，其實是有遠見的，他從來痛恨都市裡到處是鐵窗的景象，然而拉開玻璃窗和紗窗之後，對外便一無屏障的感覺確實有點荒蕪和不安。「囚牢」！

我所說的「沒有一定的空間坐標」，或者更誇張一點說：失去了單一向度的時空感，就是那窗外的情景。

當時，西藏路還是一條兩邊鋪設了單向通車水泥路面的大水溝。毫不誇張地說：未曾加蓋的水溝才是整條西藏路的主體。

新建的復華新村基址是「西藏路115巷」。這個巷，並不是尋常夾在兩排房屋之間的巷弄，而是一塊大致上呈長方形的街區。

以日後較為完整的都市樣貌來說：東西方向看，中華路二段往西，直到現在的萬大路；南北方向看：西藏路往南，直到雙河街菜市場，這麼一大片街區如果是一個打橫的「日」字，那麼，復華新村佔了「◫」字右邊這一格，而左邊這一格都是空曠無主的——我家恰在復華新村最西南角。不只我的窗外是越南戰場上除役的吉普車，父母親那間房衝西也是一扇四邊四角四尺四方的窗，開窗一望，也是正在發生熱戰的遺留物資大墳場，不管怎麼說，似乎還是先裝上鐵窗心裡比較踏實吧？

這個吉普車墳場大約包括了現在仍然矗立的「莒光新城」，也涵蓋了「莒光新城」以西更早起造完成的四層樓公寓。公寓也好、大廈也好，當城市裡外的人們尚未聚集過來，窗邊剛剛從殺戮戰場上搬移過來堆置成山的鏽鐵斷鋼應該怎麼面對呢？

當時，我還沒有發動《變形金剛》的想像力，可是母親看著窗外與日俱增的吉普車，卻有她別具一格的化解手段。她知道父親那一句「囚牢」裡的憂悶，然而，不做鐵窗能做什麼呢？

我唸初中的最後一個學期，某日照常騎車東西向穿越台北市區回家，眼前豁然一亮。不過是一白天的工夫，母親已經僱了兩個工人，用手指粗的細黃竹在我家臨西的窗外圍上了一個大約五公尺寬的院子。我說：「你蓋了一個院子！」母親說：「填上土才算院子呢！也才不過一條門檻。」這話說來只有我父親明白。母親的意思是說：竹籬笆只是隔一個態勢，不能當它圈進來的土地就是自家的庭院了。更何況，父親當天晚飯桌上補充說明：「一共才巴掌大的個房子，還算得上什麼院子啊？」母親補充說：「一門檻子啊！」她是真算過的。一門檻就是一戶老百姓人家橫面的寬度。她的意思是：咱也不多佔荒地的便宜。

母親不只給圍上了籬笆，還當真在這三、四十公尺見方的圈地上填了土，搭上了葡萄架、瓜架，算是硬生生打造出一片可以種植果蔬的園子。不止此也，沒過幾個月，她還做了一套加壓的外接水管。後來幾年，她只消站在園子門口就可以給滿園的植栽灑水。也差不多就在花灑系統建立起來的同時，我拉開窗戶的那一剎那，一輛吉普車的屍體也看不見了，被擋住了，我看到的是青黃色半透明的葡萄葉和微捲的瓜鬚透著陽光，曬在我窗前書桌上一本《麥田捕手》或《野鴿子的黃昏》上，那真是絕美的景致。

之後不久，我上了高中，第三志願，就當時的普通標準來說，也算是不錯的地步了，可是，不知怎麼著，我打架的外務多了起來。

一方面的原因是整個村子忽然之間改變了。在搬遷之後，好像不知道是什麼人，把不知道是什麼東西給用強力水柱噴洗掉了，這當然是一個象徵。我們失落了的，不只是先前在窄小狹仄的連間平房裡相互感染多年的街坊情味，還有只能問我們自己但是也似乎不會有答案的一番困惑，那就是：我們真地追上了時代的潮流，變成不一樣的人了嗎？

這種壓抑在意識底層的困惑也許不嚴重，也許不明顯，也許根本無關乎食衣住行柴米油鹽的日常，然而，眷舍改建讓人掉進了一個撲空的想像之中，那就是：我們其實沒有改變什麼，世界也沒有被改變的機會。唯一改變的是我們陌生的鄰居——而陌生的鄰居，是打架的基礎。

復華新村新建的四層公寓群落「進駐」南機場這件事，對我們的村民而言，的確有更新甚至煥發生活條件的意義。即使有幾家釘子戶，直到五、六年之後都還堅持不肯搬出早已經斷水斷電的老宅，然而對絕大多數人來說，從12路公車起站搬到底站終究是一樁新鮮事，只不過我們沒有想清楚底站這邊原先居住著的人們是怎麼想的而已。大人們的世故與人情是一回事，青少年的血氣和任性又是另一回事。我們在十三、四以及十五、六那個階段，愛什麼不能幹什麼，愛什麼也絕不肯說什麼。但是恨呢？我們還沒有學會恨人，不過，我們有如易受驚嚇的小獸，我們很能夠恐懼、以及將恐懼轉換成厭惡，這就比恨還夠用也夠浪費的了。

新的家、新的街區、新的鄰居青少年混淆揉雜，形成兩個名詞，一個是「五樓的」，一個是「紅樓的」；說的都是一回事：矗立在復華新村東側一巷之隔，有那麼一棟近乎梯形的紅色五層樓建築物，分割成許多個單位的店面或住家，每個單位大約只有八坪大小，有時還要擠上一家五、六口人，其擁擠可知。

過了四十多年，我還不能完全確認，這個梯形的樓坊和隔著中華路之相鄰相望的幾十棟裸磚式建築，到底哪一邊才是真正最老牌的「南機場公寓」。也由於隔著中華路二段的確是遠了些，所以本村青少年們對於新街坊的焦慮止於「五樓的」、「紅樓的」而已，我們不恨他們，我們也不承認這裡面有什麼恐懼不恐懼的感覺，我們就是看不順眼他們而已。

看不順眼就會瞄，我瞄人是不順眼；人瞄我就是看不起我。這裡面的是非對錯只有哥們兒自己明白，不明白就只好打架。不打架不會明白，打了架還不明白，不明白不是重點，重點是非打架不可。

坦白說：打從搬到南機場公寓，除了我自己和人發生衝突，三拳五腿分一個高低之後見好就收之外，我沒有見過任何一場街頭打架。然而，「五樓的」或是「紅樓的」欺負本村兄弟這話還真是聽了不知多少——是的，我再強調一次，都是因話傳話地聽說誰誰誰在五樓遭逢了誰誰誰，以後出出入入要小心，諸如此類。

可是，我媽在任何時間叫我買個麵條，我可不能，總是吆喝著村裡的哥們兒一起去買吧？

後來我是怎麼想出個「拒敵於千里之外；不戰而屈人之兵」這樣的主意的呢？實則我已經忘了，但是，這件事和吉普車墳場有關。

竹籬笆和噴頭花灑安頓得歲月靜好之際，在我的高中生活裡，除了作夢之外，一時之間已經沒有了升學、沒有了榜單，上課不過就是心不在焉地應付，大部分的時間，我都用來鑽研一套拳術。在我看來，當世最偉大的英雄李小龍之所以英雄，就是因為他能以速度和思想打敗任何人，即使拳頭不能勝者，也會為李小龍的思想所折服。而這個思想，具體呈現在他所創立的拳術——「截拳道」——上。那麼，有為者亦若是！孔夫子問學生要畢業證明書不是？他說過的：必也正名乎、必也正名乎！我起碼也要先創造一個名堂，才好打下李小龍所闖蕩出來的那一片江山，不是嗎？

於是，我辛辛苦苦、逐字逐條打從字典裡找到了一個和「跆」字同一部首的「趹」字，作為我的招牌，我，就成立一個拳法，叫「趹拳道」吧！

雖然「趹」字在字典裡的解釋有點令人尷尬，但是，它畢竟最接近「跆」字。根據我學跆拳的同學胡定中告訴我：跆拳社教練說過：「跆」原本是個韓國人發明的漢字，意思就是「跳起踢出」。我遍查字典，找到最接近拳術之意的足字部單詞就只有這個「趹」。它有三個意思，一個是馬的奔馳，一個是人的快步行走，還有一個，是飛奔的獸類。仔細想想：怎麼說都是畜生趕緊逃命的意象。然而，如果不用這個字，我自己的「截拳道」就沒了影兒了呀！

幾番掙扎，我還是花了二十塊錢，到臨著中華路二段「屬於五樓的」一小印刷行印了一盒一百張的名片，作為我開宗立派的證明文件：姓名是張大春無誤，頭銜則是：「中華民國趹拳道協進會理事兼教練」。

這張名片用處不大，我發給同班同學裡幾個和我一樣對拳術有狂熱，可是繳不起跆拳學費的同學，我說：這個「跌拳道」目前還在推廣階段，只收門徒，不收學費，歡迎你們來加入。我一口氣收了六個同學當門徒，說好了的，每週末中午下課之後跟我一起騎單車回家，我們就在吉普車墳場的間隙地上練拳架子，打套路，甚至還要趴伏在泥土地上鍛鍊體能。那練拳的地方，現在已經是「莒光新城」一樓的華南銀行大廳了。至於拳架子和套路，則是我從別處學來、看來，甚至是從香港進口的《當代武壇》雜誌上所刊登的、某門某派某師某拳的報導文章裡偷來的。

我很熱心研究，也很熱心教學，但是第一次門徒來了六個，第二次來了三個，第三次下雨，第四次準備月考，就沒有第五次了。他們成不了練武奇才不能怪我，我當不了一代宗師也是命中注定。

不錯，練拳是個人自己的事。我又存了不知多久的零用錢，最後咬牙狠心花了四百塊買了個練拳用的真牛皮氣球，掛在母親釘製的瓜架上。每天一放了學，我就在竹籬笆裡練踢腿，別人不來當我的門徒，我就教自己。這樣做，多多少少有一種警示作用。雖然我自己再明白不過了，那兩條腿就是因為拉筋拉得很開，我父親一米八三的大個子給我的遺傳雖然不充分，兩條腿還生得不短，起碼在豆棚瓜架底下打起飛腳來讓人隔著排稀稀疏疏的籬笆看個熱鬧，還挺能唬人的。大約就是這麼一露相，我自覺在「五樓」或者「紅樓」地面上，竟然都有一種備受同齡人豔羨的眼光。「拒敵於千里之外」、「不戰而屈人之兵」，也許誇張了些，但也就是這麼個意思。

「五樓」的一樓正對著復華新村東側，有一專做手工布鞋的老手藝人，我打起拳來都穿他做的布鞋。有一次他問我：「為什麼只穿膠底的，不穿布底的？」我說：「有什麼差別嗎？」他說：「布底的不能見水，可是穿起來舒服，落地扎實。」

那天晚上，我穿著新買的布底老布鞋到吉普墳場練「上焦勤拳」，沒提防背後忽然有個人冷冷地說了一句：「練家子啊?布鞋不錯，千層底啊！」

我一回頭，看見一個頭戴鋼盔、身穿綠色野戰服、打S腰帶、紮綁腿，還扛著卡賓槍的這麼一個人。

而他後來收下了我送出手的第七張協進會名片，也是我送出手的最後一張，只不過，他是另一個老台北故事裡的人物。

# 老先覺與通信兵，屬於夏天的小說

我的老台北沒有一定的時間坐標——可好巧不巧，就在接連兩年的夏天裡，我分別在舊市區的西南角和東區偏北側，分別認識了兩個大頭兵。我不敢說他們在爾後的生命歷程中還記得我多少，可是對我而言，他們對我的影響非但不可磨滅，而且我總是在毫不相干的情況下，經常想起他們，並感受到他們對生活的態度，總是觸動並影響著我。

來到夏季，我母親打理的小花園就像是在一夕之間翠綠起來了。近籬笆根處栽植的美人蕉、紫藤和夕顏幾乎填滿了整棟樓西側高高低低的視野。我說過的：我幾乎忘了外頭一箭之遙的偌大一片敞曠地面上，還堆置著千百輛各種型號的戰廢品吉普車。

那時，復華新村近處還沒有莒光新城的十棟十二層公寓大廈，稍遠處也還沒有一條叫作萬大路的四線大馬路，我偶然想起這些堆積得一、兩人高的車輛，想起中南半島上尚未結束的戰爭，是會有一種騷動的恐懼，好像我應該準備好，那戰火或許真會燒近了來，籬笆牆也擋不住的。

也許為時長達數月，我一直沒有料到的是，這一片吉普墳場是有人看管的。某個夜晚，他身穿草綠色軍服，打綁腿、掛S腰帶，荷槍實彈，忽然出現在我身後，叫我「練家子」。

「練的這是什麼拳？」他冷冷地問。

「勤拳，上焦勤拳。」我說。

「什麼意思？」他說。

「不知道。」我是真不知道。

教這套拳的是學校裡一個社團，叫「自強自衛社」，社團有社長、有組長，層層節制，但是地位最高的是一個只有社長和組長才能喊他「師父」的高三學長，名字很奇特，叫「雪新信」——一個人能有這麼樣一個名字，再怎麼樣算是一校同學我也相信他有些來歷神秘的功夫了。

有一次，雪新信有意無意間露了一手，雙腿一併，跳上一張乒乓桌的桌角。奇特之處還不說他是站在桌角上仍然維持著桌面的平衡，更詭異的是：他那一跳，乒乓桌原本是在他的身後。

我餃子蘸醬油似地加入「自強自衛社」沒有多久，還混不到能喊雪新信一聲「師父」的地步，就學了個「勤拳上焦」和「一步八極拳」，就聽說這個社團有人在校外和開南商工的打了架，社務暫時停止。我繼續深造不得，只好搞自己研發、創製的「趹拳道」了。

然而，「趹拳道」也得有些個套路的模樣啊——老實說：加加減減、拼拼湊湊，那兩套「勤拳」和「一步八極」還果然成為我融合一段比街舞的攻擊力也強不了多少的功架。只不過荷槍實彈的這大頭兵更是個外行，他可不知道我舞拳弄腿，不過是個雜湊的體操而已。

「你知道這裡是軍事重地嗎？」大頭兵依舊冷淡地說。

「不知道。」

「你這樣隨隨便便進來，我是可以逮捕你的，你知道嗎？」

「不知道。」我其實倒不擔心他逮捕什麼，我家就在幾個箭步之外，要跑，他未必來得及追上我，也未必敢追進村子裡或者家裡去。

「不過我看你功夫不錯，」他說：「不要給我上車去動手動腳知道嗎？」從此我獲得了特許，不光是他，連同和他交接輪班的士兵，不分晨昏，只要是見了面，也都會跟我點頭招呼。我瞄過一眼他胸前的金屬兵籍牌，卻始終不記得他的名字，只知道他總是自吹「覺仙」。

在推敲過某件他其實無法證明，而你也無法推翻的事之後，他就會說：「我覺仙你不知道嗎？」

我和「覺仙」或者「老先覺」也不常見面，前後一年之中，撞上了、攀談一陣的次數屈指可數。然而無論說起什麼，他的見解都令我印象深刻。

第一次和他聊大天是個意外。也是一個黃昏時分，我突發奇想，要試一試，以墊步側踢的方式從空地東側踢到空地西側，一共需要踢幾腿？回程換腿一路踢回原位，再看能夠踢幾腿。那麼，就可以測出這兩條腿有沒有長短差。至於測出來個結果究竟有什麼意思，我也不知道。總之是很無聊的一個遊戲就是了。

就在我玩著這個無聊遊戲的時候，「覺仙」又鬼影一般地出現了，肩著他上了刺刀的步槍，沒頭沒腦地問我：「你知道這輛車是因為發生了什麼事才會被扔到這裡來的嗎？」

他的確嚇了我一跳，也讓我在一霎時間忘了剛剛踢到第幾腿。然而，他的問題雖然無聊、卻比計算長短腳有意思一點。他朝過道旁一輛壓在救護車頂上的吉普昂了昂下巴頦兒。

那吉普左側已經一片焦黑，前窗框傾倒在引擎蓋上，方向盤只剩下半圓，駕駛座連椅子都沒有了，我歪過身子看看儀表板，根本沒有儀表板。

我怎麼會知道這輛鐵鏽面積大過鋼板的爛車發生了什麼事呢？我只回了一句：「不就壞了才運來的嗎？」

媽的！我心裡想的台詞卻是：不就老美把我家當垃圾場嗎？

他笑了笑，卸下肩上的步槍，用刺刀尖兒比劃著吉普車左側的後方，說：「它在叢林裡遇到了伏擊。越共等車通過他正前方的那時刻從路邊草叢裡跳出來，在五公尺不到的距離之外，對它發射了一枚肩射火箭彈，火箭彈從七點鐘方向射穿吉普車左側鋼板，當場炸掉油箱，吉普車同時劇烈燃燒，發射火箭彈的越共應該也沒有活下來。吉普車駕駛兵也被當場炸死，車在幾秒鐘之內就報廢了。」

「你又不在現場，你怎麼知道？」我說。

「我覺仙你不知道嗎？」然後他又伸出左手食指，點了點左太陽穴，用台語再說了一次：「我老先覺啦！」

為什麼一個普通人會變成「覺仙」或者「老先覺」呢？「很簡單，當兵啊！」他說。

從這一天開始，他每一次和我在吉普墳場的曠地上不期而遇，都會刻意帶我走到某一輛或半輛廢物旁邊，帶著些比認真還多幾分正經的神情，說不上來該形容成莊嚴還是虔誠，好像在揭露那車體最後所經歷的戰火，是一樁應該深沉面對的事情。

「那是血跡！」有一次，他指著車後座墊上幾處沉暗的黑漬，皺著眉、搖著頭，說：「這輛車是從蜆港來的。當時後座上坐的，應該是個軍官，他挨的是機槍子彈，應該是在三秒鐘之內，就把全身的血都噴光了！」

我雖然自恃拳腳不惡，但是聽到這種烽火連天的情節，還是會有不能抵敵、也就不敢尋思的恐懼。「覺仙」則樂此不疲。他彷彿對越南從南到北的叢林地理都瞭如指掌，那樣的淵博就算有比「老先覺」三個字更多一點的解釋，不過就是：「等你將來當了兵就懂了。當兵會累積你各方面的知識，你懂得了作戰，自然而然就懂得了生活。」

我真不覺得他在唬我，他說的道理聽來也真像是天經地義的道理。在高一的求學生活裡，這種點綴的交談至少為我帶來一種小小的改變：我無論面對了什麼，都會很自然地將之視為某事之後果；我經常毫不猶豫地就眼前所見，立刻去推演出某人某物某事之前的遭遇。

換言之：有如另一個因無聊而生成的遊戲，明明是再確鑿不過的現實，我卻將之視為某一想像中的時空條件所導致的後果。而且，往往是因為我對於眼前這個現實的不能熟悉、不夠瞭解，只好妄加臆測，以至於不但無視於所見所聞，也扭曲它的來歷。舉個例子來說吧——那是我在鼎興營區游泳池鬧的一個笑話。

就在結識了「覺仙」之後不多久，夏天到了，我又恢復了從小學二、三年級之間就展開的暑假生活。

我的暑假和大部分我所認識的同輩人很不一樣。從大約八足歲起，一直到大學畢業之前的這十四、五年裡，無論是住在步行十五分鐘可及的遼寧街，還是住在要從12路公車底站坐到起站再走十五分鐘的西藏路，從無例外，我總在假期頭上把所有的暑期作業趕完，之後，除了星期一之外，每天從早上八點鐘出門，下午五點鐘起身回家，其間幾乎全泡在鼎興營區的游泳池裡。

鼎興營區是一個明亮潔淨的環境，其實很不像一個軍事單位。四圍是鏤花紅磚砌成的圍牆，已經和一般的軍事基地迥然不同。怎麼個不同？有件事可以例證。

我在唸研究所的時候，有一次返回大學部給學弟妹作一場小演講，課室後排靠門邊坐著個身板筆挺的老人家，看上去起碼也有五十多歲了，在眾多二十歲上下的學生群裡，顯得特別突兀。演講過後我繞到後門同這位長輩打個招呼，就近一看，更覺得面熟，卻怎麼也想不起來在哪兒見過。他告訴我他是歷史研究所的研究生，軍人出身，上校退伍之後才重新就學，攻讀歷史，一步一步唸進了碩士班。

「其實我們認識很久了，」他笑著說：「只不過那時候你還小，我那時是中校，住在鼎興營區。」

我想起來了，有一段時間，他也是鼎興營區游泳池的常客，每天午後兩點準時報到，在池邊做運動，完了下水游四十趟來回，起身到池邊再做運動，最後坐在跳台左側的石椅上十分鐘，三點整一定起身走人。幽靈也似的一個人，我還給他取過一個外號，叫「鬧鐘」。

住在鼎興營區的人的確不少，大部分是外地來台北短期公幹的職業軍人，而且多半軍階不低。營區像是一座三層樓高的連棟公寓。室內有紅色膠皮毯和黃銅樓梯扶手最為醒目，在民國五、六〇年代，那已經是相當高級的裝潢細節了。我在鼎興營區混暑假，憑的是一張每年五月更新申辦的游泳證，憑證不止可以游泳，還可以在營區會客室看南國電影畫報，到餐廳吃物美價廉的早餐、午餐，還可以進入一部分花木扶疏的庭園。我和「鬧鐘」一攀談，想起有一次還在花園裡和他不期而遇，那時他身穿軍禮服，手裡拿著一本外文書，十足紳士派頭地和我點了點頭，白日青天之下，我竟然覺得有些陰涼森森的。

也就在那個暑假裡，鼎興營區會客室裡裝置了自動販賣機，專賣矮瓶可口可樂，只要四塊錢一瓶。投幣五元，退瓶一元，管退瓶的就是游泳池的管理員王班長。王班長討厭管錢，有一天忽然把退瓶業務交給一個六尺多高手長腳長，穿著制式紅短褲的年輕人，叫「毽子」的。

據王班長的介紹，「毽子」是個「充員」，據「毽子」自己補充說明則是通信兵，不是財務兵。我好一會兒才發覺，他這是句玩笑話。王班長則說：「想游泳的話，叫你幹什麼就幹什麼，沒那麼些廢話。」「毽子」回答說：「那麼爽啊？」

混熟了之後，我才知道：「那麼爽啊？」或是「這麼爽啊？」是「毽子」的口頭禪，無論是他自己爽的時候、不爽的時候、看人得意的時候、看人難受的時候，都是這一句。

有一天下午，準兩點，「鬧鐘」來了，就在泳池最淺的另一頭做暖身操，我則在深水區盡頭三米高的水泥跳台上曬太陽，「毽子」則在跳台前端整理擦拭著他寶貝得不得了的一個器材，叫「拐拐」的。

反正很無聊，我就跟「毽子」悄聲說：「你知不知道這個『鬧鐘』為什麼一直住在這裡？」

「毽子」看一眼遠方的「鬧鐘」，搖搖頭。

「你來這裡多久了？」我接著問。

「毽子」說：「快一個月了吧，怎麼了嗎？」

「那你還早，你還不知道鼎興營區的事情。」我說。

「營區怎麼了嗎？」他扶了扶圓框的金邊眼鏡，又摸了摸豐隆的大鼻頭，當下我就覺得：他要不是剃了個小光頭，那模樣活脫脫就是一個約翰·藍儂。

「我可是等於在這個營區長大的。」我欲言又止。

「王班長告訴我了。」他說。

「他有說哦？」我問。

「有，他說你很小就在這裡，天天來。」

「禮拜一不來。」我說，忽然臨時有了靈感，那是我在花園裡無意間撞見「鬧鐘」的時候腦子裡轉過的一個念頭。

「禮拜一消毒啊。」他說。

「那你就不知道了。」我說著，順手指了指剛剛下水的「鬧鐘」，接著轉低聲，說：「禮拜一國防部軍事情報局都會派人來，一輛大型吉普車，有沒有？」

「有嗎？」「毽子」歪著腦袋想了想，半晌才說：「那就好像有吧？」

我低頭望望跳台下方正從深水區折返淺水區的「鬧鐘」，繼續說下去：

「他就是負責人。」

「負責什麼的人？」他問。

「每個禮拜一，他都要負責審問一些嫌疑犯。」

「什麼嫌疑犯？」「毽子」繼續擦拭拐拐側上方兩個螺絲頭一樣金屬材質的旋鈕，頭也不抬地問我。

「匪諜啊！還有什麼？」我一本正經地說：「你看他那個不動聲色的樣子，就是幹這種工作的。這是情報部門的事，你們通信兵怎麼會懂？」

「鏈子」依舊維持著先前深蹲的姿勢，只咧開嘴、微微抬起下巴，似笑非笑地看了我一眼，說：「這麼爽啊？」

之後的對話我不太記得了，總之，我將八、九年來年年夏天我對鼎興營區的觀察和想像做了一番總整理，只是將所有的顯示細節都解釋成一套證明此地為國防部軍情局的一個情報站的線索。我只記得最後我還告訴他：為什麼一個號稱營區的地方，要有那麼深的庭園？為什麼種那麼多的樹？就連內部都東頭聽不見西頭？「這是情報部門的事，你們通信兵不會懂的。」

某種程度上——我深切反省一下自己唬爛「鏈子」的用心，或許多多少少有些報答或報復「覺仙」的意思吧？

「鏈子」表面上像一個被矇了的呆瓜，而多年以後我才知道：鬧笑話的呆瓜其實是我。

「鏈子」在那個我想像中的軍事情報站一直待到退伍，那應該已經是第二年暑假頭了，他的頭髮留長了一點點，還不到藍儂的五十分之一，依舊經常爬上水泥跳台看遠方。他告訴我：營區對面隔著民權東路的榮星花園才是一個情報站，裡面藏了很多故事，有漢奸、有大商人、有政經家族一二三代……更有一大堆金權政治在背後。

我不知道這種屁話算不算他對我胡說八道的諷刺，不過，幾年之後我們居然在同一家報社工作，成了同事，他是影劇版主編，我是文學副刊的撰述，他向人介紹我們之前的交遊，就會說：「他小的時候每天腦子裡都是奇奇怪怪的小說。」

我猜想打從第一次在水泥跳台上我跟他說的那些他就從來沒有相信過，只是他存心厚道不拆穿而已。為什麼我這麼說呢？二〇一八年我在報端得知了他因為心肌梗塞而猝逝的消息，也才因而得知：他是中華民國史上最年輕、甚至應該說是最年幼的政治犯——他早在出生六十八天之後就跟著母親坐進了黑牢。他的父親被判刑十三年，母親被判刑十年，數十年後，父母當初所涉及的「于非匪諜案」得以平反，案子被宣佈是個錯案，一家三口的人生卻徹底被摧毀。

我這個朋友叫洪維健，他後來一直在拍攝有關政治受難者題材的紀錄片，包括《綠色玫瑰》、《暗夜哭聲》、《白色恐怖追思》等等，終其一生沒有停下來過。

他不叫「鍵子」，「健子」才是他的本名。回想起來，我們在游泳池畔握別之後，夏天在一彈指頃過去。書桌面對的院子外頭，吉普墳場也在很短的時間裡被不知哪個單位清除淨盡，「覺仙」應該也退伍了吧？我用什麼等待下一個夏天呢？

然後，我開始寫我的第一篇小說。

# 打表妹、電影畫報和大時代

我的老台北沒有一定的空間座標——但是，有時候人物就是座標。

我從來不知道，士林片廠的確切位置，但是我永遠記得，在一大片黃土石子路底端，住著我的老大哥，他，就是士林片廠。

一九九九年我出版了《城邦暴力團》的第一冊。書中有個角色「老大哥」，說的是我父親的一個老侄兒張翰卿。在真實的世界裡，張翰卿比我父親大了快十歲，可是論輩分，我得叫他哥哥。他跟著大導演李行在片廠當廚子，之後幫夥幹道具，久之而升上了領班。在我上小學前後，還經常因為他的關係，有機會到片廠參觀拍戲。其中最令我印象深刻的一部戲就是《婉君表妹》。

那是一場兩個小演員的戲。男生叫巴戈、女生叫謝玲玲，都是我這般年紀，比我大個兩、三歲吧。所拍攝的鏡頭不過就是演三少爺的巴戈從院子裡走過，看見屋裡來了小表妹謝玲玲，調皮的巴戈隔著雕花窗櫺朝裡面扮了一個鬼臉。就這麼個不過一、兩秒鐘的情節，折騰了一下午。其間不時停工，收拾景片、調整燈光、還有不知道幹什麼事情。

巴戈、謝玲玲就和我玩到一塊兒去了。巴戈教我們玩一種打巴掌的遊戲——兩個人相對伸出手掌、上下相合，指尖抵住對方的掌根，在下方的一人採取攻勢，儘快抽出手、翻轉下擊，以打著對方的手背為贏。手掌在上的一方不但要盡量壓制對方，還要儘快閃躲，以讓對方撲空為贏。一個非常簡單的遊戲，可是到後來，巴戈把謝玲玲和我都打哭了。

《婉君表妹》上演期間，老大哥拿了招待券來，我猶豫了很久，很不情願地跟著父母去看了，看到巴戈隔窗一笑，手背上的疼痛和灼熱之感油然而生。我知道我總有一天會向巴戈報仇，而且把表妹婉君的份兒也討回來。從此以往，我不但相信電影裡表現的事物都是真實的，也相信電影的拍攝和電影故事根本是一回事，三少爺不只會扮鬼臉，還真欺負人；婉君不只漂亮，還真是個受氣包。只不過戲院裡看不到完整的真相而已。電影不但在向人們傳說一些個古老的故事，片廠裡發生著的一切也都是這個故事的某個環節或補充——這樣想很蠢，我知道——但是，當我誠心如此相信之後，日子一長，這個念頭就融進了作品裡去。

許多年過去了，我把這個小小的經驗和體會告訴了胡金銓導演，他咧嘴大笑說：「你是對的，不單電影是這樣兒，戲劇也是這樣兒。」我的老師王靜芝先生也曾經在《詩經》的課堂上解釋十五國風作為民歌、以體現各地風俗民情的時候說：「古代的民歌，現代的小說、戲劇，都不能只從虛構的角度去解釋它的技巧，那裡面都有非常真實生活的面貌。」這些話，我最初也只當作是鼓舞創作者重視以及發掘現實材料的泛泛之論，直到靜芝老師送我一本《稼青叢稿》（伍受真著）之後，便又重新點燃我對「戲劇負載著某種召喚現實的具體使命」的狂熱。

伍受真的叔叔伍博純是民國以來以一己之力推動全民通俗教育的第一人。

武昌起義前不久，這位年方而立的叔叔忽然對伍受真說：「我很想叫你和冶白（伍博純的長女）將來都去作舞台劇的演員。」伍受真接著回憶道：「他怕我不懂，又解釋著說，就是去做戲，接著問我願意不願意？我當時聽他這樣說，心中很詫異，怎麼叔父會要我們去作『戲子』？……他又說，戲劇可以移風易俗，是推行社會教育的一大工具。」

靜芝老師與伍受真是同一代人，他原本知道我有心創作，雖然進了研究所讀書，未必有耐住性子作學問的能力和興趣，但是，他似乎又覺得我不應該放棄這兩種心智活動裡的任何一樣。所以，在送我《稼青叢稿》的當下，他就替伍博純（一個希望子侄去當「戲子」的教育家）的動機作了解釋，王老師的話和胡金銓導演的話差不多，他說：「你如果體會不到戲劇裡的真實，就沒有法子編出動人的戲劇，也就談不上移風易俗、甚至教化了。可是，怎麼去掌握戲劇裡的真實呢？到頭來還是得作學問。」

這幾句話，我消化了半輩子，至今仍覺懵懵懂懂。直到有一天，王家衛導演忽然來台造訪，邀我參與《一代宗師》的編劇工作，我才有了更踏實的體會。

早在找上我之前多年，王家衛為了掌握故事主人翁葉問個人生平經歷，還參考了大量近、現代史中相當繁雜而漫漶的材料，有的真偽難辨，有的斷爛不清，有的受限於種種解釋上的困難而不可定奪其是非。更麻煩的是導演希望能夠反映出大歷史背景的許多道具或陳設細節，時至今日，還未必能如實複製。

事實上，在預備期，王家衛不但從葉問的後人處採訪了許多身家資料，就連北方：山東、河南、河北、陝西這些個省份裡頭許多以拳勇著稱的門派，他也親自踏查了一番，留下無數珍貴的口頭歷史材料。據說甚至還有的老師傅極願意收他為徒，弘揚本門武藝——不是說了嗎？「怎麼去掌握戲劇裡的真實呢？到頭來還是得作學問。」

然而王家衛還不滿意——就這一點而言，他著實讓我想起了已然物故多年的胡金銓導演。胡導演平生瑣屑之小小得意有三，其一是青竹竿，其二是黑衫紅褲的東廠服制，其三是藤編書箱。它們分別出現在《大醉俠》、《龍門客棧》和《山中傳奇》裡面。青竹竿擴大了傳統刀劍片武器的造型邊界，而且徹底顛覆了傳統武俠影像的血光殺戮。黑衫紅褲引領了不止一個世代以明朝宮廷為背景的影視作品對於國家暴徒的形貌想像。藤編書箱則豐富了古代旅行者或趕考士子風塵僕僕的行囊——據胡導演親口說得輕鬆：「不過就是看了一張玄奘西行記的造像圖得來的靈感罷了。」然而，那些在影像上影響廣遠的小小考據，看來畢竟是問學道途中之事。

回到王家衛，我們一樣可以看到（以及戲院裡看不到的）許多繁瑣的考究。不容否認地，那是促使我動筆寫《春、夏、秋、冬》第四部《南國之冬》的一個動機。在王家衛出現之前，我已經在《印刻文學生活誌》上連載一個每月刊出的專欄，欄名「這就是民國」。有一天，王家衛忽然來電話，劈頭只一句話：「你可不可以趕緊來香港一趟。」

那時他的「澤東」公司就在天后地鐵站維多利亞公園邊上，遠海遙岑，視野遼闊。一見面，他卻從容不迫地引我站在大片窗前看街景，然後說了一個故事。

一個曾經在清末宮廷中當差的裁縫流落在北京大柵欄，經營一個小裁坊。

某日忽然來一貴婦，看來容顏娟秀、氣質靜好，應該不是等閒的市井女子。這女子要老裁縫給做一件袍子，而且娓娓說來，似乎竟是數十年前宮中曾經流行過的式樣。老裁縫接下了這個活兒，也收下了訂金，雙方言明取貨的日期，時間在三月之後。可是三個月過去了、六個月過去了、一整年過去了，好幾個整年也都過去了，那女子始終沒有來取件。

說到這裡，王家衛說：「這個故事收錄在我之前給你的一本書裡，是周進那本《末代皇后的裁縫》嗎？」

我笑說：「你考我？書裡沒有這個故事。」

王家衛也笑了：「如果沒有，那就是我亂編的好了。你只要看這個段子能不能編進我們的故事裡去。」

結果這末代裁縫或者說末代嬪妃的故事，徹底被拋擲在《一代宗師》之外十萬八千里，只剩下葉問的大衣上掉落了一個值得留念的鈕子。我們都相信：那件掛在老裁縫牆上曝了不知幾年灰的宮裝也許哀感頑豔，也頗能呈現清末民初的頹廢風華，但是它——可能就是欠缺靜芝老師所說的：「戲劇裡的真實」。

但是，那一趟往返香港二十四小時、匆促之極的旅程畢竟不能說沒有進度。王家衛一腳踢開了、也忘掉了老裁縫之後，緊接著跟我說：「我知道你也忙，我也不想多耽擱你的時間。這樣罷，你可不可以就用你的專欄寫一篇丁連山和薄無鬼的故事？」他說的當然是《印刻文學生活誌》上的「這就是民國」。

「那是一個講近代史的專欄。」

「丁連山和薄無鬼的故事是近代史的一部分啊！不是嗎？」他這時沒有帶墨鏡，厚如酒杯底的深度近視鏡片後面散發出灼灼的目光。

我從那一刻確信：我們所面對的不是一部關於葉問的電影，而是一部葉問身後歷史的碎片如何拼湊出我們一直想像的武林。

「你有故事嗎？」他問。

想當年譽滿全球的武打明星李小龍返回香港影劇圈發展之初，帶著幾分拜碼頭的禮數，取得當時香港武壇大老葉問的首肯，認可李小龍少年時代曾經入詠春之門，算是一個合格的寄名弟子，如此李小龍在香港的根腳才算站定，也才不期而然開啟了中國功夫的紀元。傳說中的葉問本人，早年從拳師、保鏢到特務，都有顯赫的資歷，真可謂溷跡江湖，飽經世事了，人在風燭之年，怎麼還會去同一個英年武師邀名爵、搶鋒頭呢？這投師拜門的儀節，不過是一場給香港影劇界、武術界扮起來的大戲，有了認祖歸宗的名目，保定了江湖情義的招牌，才好坐大拳腳行的各種買賣。

葉問、李小龍分別於一九七二年十二月和一九七三年的七月間先後離世，帶著對李小龍的懷念，卻讓葉問的名字也越擦越亮。除了《一代宗師》之外，其餘風聞王家衛要拍攝這個題材的電影公司和導演早就摩拳擦掌、直不欲落人之後，而把葉問捧成了一個「生前無可道，死後得新生」的角色，不過這不稀奇，香港電影如此打造武壇眾神如方世玉、黃飛鴻、蘇乞兒等早已數見不鮮。

可是王家衛的企圖卻大為不同。他從來沒有想要為香港或是中國的武林再打造一尊可以列入師尊祠堂的神祇，他反而是要藉著葉問在世人心目中殘存的記憶，來勾引更多看戲的人對近、現代史上的幾個關乎於國事大局的問題產生興趣。譬如說：精武體育會和在地桂系軍閥有沒有除了傳授武術之外的來往？

再譬如說：在葉問壯年時代，正值「粵人治粵」呼聲甚囂塵上之際，他對於這種思潮或歸屬意識又有多少自覺？

王家衛相信：把葉問還原成一個正常的小人物（渺小得差不多像梁朝偉在《悲情城市》裡飾演的「林文清」一樣），才能夠透過他的眼睛或心靈，去審視一個時代的真實角落和確切面貌。所以他不停地想要追問：一個除了「打得」之外，在情感、知見、遭遇、運氣以及各種生活條件上都平凡得「無足道哉」的流浪拳師，如何能夠見證他青年時所歷經的「大時代」呢？

換言之——那懷著遺憾的老裁縫並不是想再瞻仰一下宮中貴人的容顏，或者是打聽她的下落，他只是想看看那件衣服究竟做得合身與否。這是做戲的人對於「歷史真實」的一個懸念。的確念念不忘，如作學問。

我在《南國之冬》的某一個必須製造懸疑、切換篇章的地方調弄了一記槍花，是這麼寫的：

（王家衛）隨即自港飛來，飛機甫落地即租車直驅新店敝處，見面無他語，第一句話居然是：「你那缽兒還在嗎？」

「缽兒？」

「那個銅缽兒——」

王家衛所說的銅缽兒，既曾經出現在我的作品之中，也一直在我的床頭。那是一個具體的實物，也是一個情感的允諾，一個捨己忘身、慨然幫助他人的允諾；只是我一直沒有切身實踐過。

整部作品多個故事裡時不時都會出現這個神秘的缽兒，它是「人間藏王」傳宗接代的信物，有時會顯現不可思議的靈性，但是大部分的時候，我只是把它用作轉場的道具。不過，在現實中，的確有那麼一個類似黃銅材質的工藝品一直在我的床頭，形體就像是一個縮小的缽兒，它應該作何用途？我實則不知，倒是它一直在我床頭的原因說來也不稀奇——它實在有些分量，移動起來頗費力。而這個銅缽兒就像一個紙鎮，底下押著一疊《南國電影》雜誌。最頂上的一本，封面是梳著高高的雞窩頭的凌波，出版日期是一九六三年十月。我也不想移動它的位置。它已經在那兒十五年了，我只要把它隨便安置到任何所在，就再也找不到了。那麼，一本五十六年前印行上市的舊雜誌，有什麼不能丟的呢？

不能丟。那是和我的婉君表妹包裹在一起的電影記憶。那裡面有另一個從電影裡面延伸到現實生活裡的故事，比手臂上挨的巴掌還要灼熱而刺痛。偶爾我半夜睡不好覺的時候，抬手拉開小鉢兒，抽出這一本，跳過《梁山伯與祝英台》所造成的轟動以及得到的賞譽，跳過林黛主演、剛剛殺青的《寶蓮燈》，再跳過李麗華和她的《閻惜姣》消息之前要稍事停留（因為我對李麗華完全沒有抵抗力）。儘管如此，十五年前遷入新家的那一天，我不期然找到這本《南國電影》之後，歷經多少次翻覽，觸指即可以打開的那兩頁（第六十、六十一頁）上就是幾張電影《花木蘭》的劇照。

我總是熬到這一個回憶儀式的末了，緩緩將視線移向照片的說明文字：

第一行是：凌波的花木蘭，在軍帳中懷念著李廣將軍。

第二行是：金漢的李廣來了，花木蘭卻露出了害羞態度。

這兩行說明文字是五十多年前相當平常的用語，而現代人人未必能明白。「凌波的花木蘭」意思就是「凌波所飾演的花木蘭」；「金漢的李廣」即「金漢所飾演的李廣」，這是從傳統戲曲行裡借來的說法。應該就是我初讀這些老雜誌，七、八歲年紀的時候，我就牢牢不忘：花木蘭代父從軍、殺敵報國，成就不世出的功勳之後，嫁給了李廣。

原因無它：現實中的這一對演員，根據包括每一期《南國電影》在內的報章雜誌，隨時都在追蹤報導著，自從《花木蘭》一片開拍之後，金漢和凌波在戲外的感情日益甜蜜美好，之後沒過了幾部戲的工夫，兩位金童玉女就結合為夫婦了。我不是說過了我堅信不移的事嗎——

電影不但在向人們傳說一些個古老的故事，片廠裡發生著的一切也都是這個故事的某個環節或補充。

金漢凌波的美好愛情童話在現實中持續了快六十年，他們真是難能可貴的幸福人。然而，金童玉女婚後不到三年五載，我在上初中的時候，有一堂國文課，老師申伯楷先生忽然向全班提問：「花木蘭退伍之後做了些什麼呢？」我毫不思索地舉手搶答，提出了我以為正確無誤的答案：「嫁給李廣將軍。」立時，教室裡到處窸窸窣窣了一陣，緊接著，申老師把張長臉一冷，同學們卻好像得著了鼓勵的暗號，猛然間爆起了一陣大笑。申老師不像是說笑話、但顯然是說笑話地在笑聲之後接著說：「李廣活了好幾百歲上才結婚，還真有精神！」我笑不出來。一時之間，我甚至想哭，但是我負隅頑抗，又慌又急地頂了一句：「金漢是和凌波結婚了沒錯呀！」

這句話衝口而出的當下，我就知道一切全錯了——比手背上連挨幾十記重重的巴掌還要痛的，連我都要笑我自己了。

後來我一直沒有向巴戈討回那幾十巴掌的債務，我在我的廣播節目裡訪問過他的弟弟巴東暢談張大千，也忍住不提往事。關於花木蘭下嫁李廣究竟是怎麼一個來歷？還是當時的編劇有意藉著李廣此一熟悉的名字，以便落實花木蘭終究不確然落身北朝的歷史，我也無從追究了。和我幹電影行的朋友們閒談間，我從不隱瞞在童年和少年時節的這兩段露怯的經歷，不過，我總會告訴他們：我從來沒有失落過我對戲劇能夠表現真實（哪怕只是誘人信以為真），有極其強大的信仰，只要我們做戲的人能夠持續追蹤生命中細瑣的真相。

後來再後來，王家衛針對一九〇五年刺殺出洋五大臣一案背景中丁連山和薄無鬼生平考證的題目問我：「你有故事嗎？」

「沒有。」我說：「不過我可以從胡金銓導演和一個日本朋友藤井賢一說起，也可以從袁世凱幹了八十三天皇帝說起，也可以從張之洞派遣學生留學日本習軍事的脈絡說起，也可以從當年老胡想拍的一部可能叫《南國之冬》、可能叫《扮皇帝》的電影說起……可是，這些都未必和葉問有關的。」

「沒關係，你說罷，說什麼都好。」王家衛這樣答覆我。沒想到，後來我就必須習慣，在說的時候，誰都不能追問自己或對方：這是故事、還是現實？因為無論答案是什麼，都不如說：它就是真的。那個士林片廠是真的，因為我手背上的疼痛就是真的。

# 藝術家與狗眼的世界

## ——和平東路一段、龍瑞紙行和畫山水的人們

我的老台北沒有一定的空間坐標——但是有些時候，某種氣息相近的人物卻會在同一個地方出現。

二〇一一年姚宏易執導的紀錄片《金城小子》上映，片中的主角、也是傳主的劉小東來台參加首映活動，同時舉行畫展，我邀請他到我的廣播節目來進行訪談，過後帶著他在電台門口的羅斯福路和和平東路交叉口轉了一趟——尤其是和平東路一段北側的一個短短的街區，這位出身東北的畫家從他台灣的朋友口中聽說過，三十年前有一群畫畫、拍照、寫歌、演唱以及拍片的創作者經常在此地出沒。劉小東從來不認識他們之中的任何一人，然而關於創作或創作

不成的故事一旦聽多了，那些名字容或就像鬼魂一樣揮之不去了。

是的，像鬼魂一樣。

比方說吧：就在養和堂參藥號的樓上，一座外觀搖搖欲墜的閣樓，「這裡就是你聽說過的一群頹廢人三十年前天天聚會的地方，叫『攤』。」我跟劉小東說。劉小東很難發出「攤」這個字的台語發音（但是我知道他已經盡力了）。

從一九八〇年代起算的三十年來，他們也盡力了。他們，我先前說過的「某種氣息相近的人物」，那些個在夜空中緩慢低飛、經常跌倒的晦暗星辰，我記得隨時會閃爍著拚酒精神忽然現身而引起一陣嘶啞歡呼的，有葉清芳、潘小俠、關曉榮、陳明章、高重黎、李安成，還有一次居然是譚盾……

回頭細細一數，才不過是劉小東好奇探看著「攤」危樓外觀的前六年，葉清芳就吐血死在不到一百公尺開外的鴨肉扁門口騎樓底下；也就在劉小東的展覽結束之後的四年，李安成則在斜對面不到五十公尺的龍瑞棉紙行門口跟我說：「我很快就要死了，但是還好，我還在畫，還在畫。」

先告訴我李安成「恐怕不行了」的是龍瑞紙行的老闆梁晶沱，我都喊他老梁。老梁每年讓我在他販售的春聯紙上寫一副以「龍」、「瑞」帶頭的春聯，他從來沒有張貼過，也不知道後來都把那些春聯收拾到哪兒去了。然而，每當冬寒臘近、歲尾年頭的時節，我只要經過他店外騎樓、拉開門打個招呼的時候，他就會順手抽出兩張灑金紅紙來，笑嘻嘻地問我：「今天有靈感嗎？」

在老梁店裡晃蕩的書畫家可多了，我後來才發現，他每年都有掛不完的春聯。雖然店面不過一門檻寬，兩邊貨架一夾，當中走道大約僅容得下兩個人側身而過。老梁每天窩著這兒，感覺上打從盤古開天以來，他就是在這巴掌大的地方，站著守櫃台、坐著抽香菸。

老梁的確有一個巴掌大的碗狀菸灰缸：電木身、鐵皮蓋，蓋上有一根短柄，一按頂端，鐵皮蓋子就彈開了，帶火未熄的菸頭掉進了碗身之後一鬆手，彈開的蓋子便復原，如此一來，餘菸就完全悶在菸灰缸裡，不至於在斗室之中嘔得人淚眼迷離了。

我說我小時候家裡也有一個這樣的菸灰缸。他說：「這種設計已經算是高科技了。」想想他的話，有道理。

我和老梁結緣締交，乃是由於「龍瑞」的兩塊橫幅，原件都掛在店裡。那已經是三十年外，我偶然間發現紙行的招牌出自臺靜農老師的手筆，便不知不覺踅進店裡，想看看還有沒有第二張。結果卻發現第二張是王壯為先生寫的，用筆端方遒勁，看得出老輩兒給人寫招牌也是一份肅穆用心，寫的是「龍瑞棉紙有限公司」。我看著看著，看出了趣味，笑了，扭頭問老梁：「叫『有限公司』，其實野心不小。」意思就是說，你這小鋪兒還能叫公司嗎？也由於拿「有限公司」來開玩笑，所以日後到龍瑞買任何文房，我都和老梁開玩笑說是股東來增資了。

和老梁不客氣，討價還價也如同遊戲。日子一長，才知道他是造紙廠裡的剿紙學徒出身，往長遠看，儘管工匠技術隨身而走，可以一藝保終身，然而畢竟是體力活兒，甚至可以說是苦力活兒，所以在一九七〇年代中期，就攢錢開了這一號「有限公司」。我第一眼看到了這字眼會笑，那是沒經過大腦，日後才慢慢知道：老梁和造紙廠合作多年，而「龍瑞」的確是帶著獨門的技術才頂出字號來的。

也因為電台就在幾步路外，一九九九年投身播音工作之後，龍瑞便成了我經常造訪的地方。老實說，我沒把「龍瑞」當「有限公司」，甚至沒有把「龍瑞」當紙行。往後的二十年間，「龍瑞」成了我進城工作的歇腳之地。即使不需要紙筆，也可以去試試紙筆；即使手邊已經有了某一部法帖，還是要從老梁架上取來翻讀一回。還抽著菸的時候，只要店裡沒有旁人，我也坐下來試試那個高科技菸灰缸。有一天老梁跟我說：「李安成你認得嗎？他說他認得你。」

我用大拇哥朝門外晃了兩晃：「怎麼會不認得，當年一起混『攤』的朋友。」門外，指的就是對街，方位偏北西北，養和堂參藥號樓上，「攤」並不是典故、傳聞，它一直都在。

這是我的老台北。以某種象徵性的意義來說，李安成的畫，恰是我對上個世紀八〇年代台北創意的印象。

那時，李安成剛開始畫畫沒有幾年，早期的水墨風格還在放肆地摸索之中。由於一個偶然的機會，我看了他在「春之藝廊」的展覽，十分震驚。我只能說：我知道那是水墨畫，卻又是一種未經前人道出或畫過的「山水」，也絕對不是我們所熟悉的山水。我們若是大膽一點，可以說：那個時期的李安成「利用」了我們對於山水畫的積習故見，而畫出了神似山水的抽象線條。正因為我們以為那是山水，大量排刷或暈染的線條、色塊就導引著我們進入了傳統中國山水畫從來沒有處理過的世界——有人說那個世界正是李安成雲林縣莿桐鄉的水田、樹林和溪流。

可是在「攤」，和那些奔放的水光墨色恰恰相反，李安成總是安靜而退縮的。他和我究竟談了些有關創造或藝術的什麼，我大都不復記憶。

事實上，「攤」差不多就是一個聚集了大量因酒醉而失憶之人的老台北吧？來這兒的人多多少少有一個想要忘記自己人生的念頭。買醉不難，記取不易，我們要是來不及下樓蹲在紅磚道邊嘔吐的話，就吐在樓板上吧。沒有關係的，反正明天都不記得自己今天有什麼值得記取的事情；誰都有一點改變世界但是又不知道世界在哪裡的困惑。李安成和我在「攤」的樓板上蹲著說這些的時候，我僅僅記得我還說過一、兩句：「媽的，你居然比我還小兩歲！」

二十八年以後，老梁在對街的紙行裡告訴我：「李安成恐怕不行了。」

我和李安成最後一次見面就是在「龍瑞」。窄小的店裡實在放不下第三張椅子，我站著和他倆寒暄了一會兒，話題逐漸入港，居然說起了某些手工棉紙不為人知的特性，當下菸癮隨聊興而大作，可是我又想到李安成應該是個病人，不好讓他吸二手菸，便回身出門，站到騎樓下點菸。不料李安成跟著追了出來。我一面跟他湊付著說話，一面可能是出於下意識地向較遠處移動，他還是亦步亦趨地跟著，數說他多年來的景況。

「我去日本開展你知道吧？」

「我後來搬去淡水你知道吧？」諸如此類。最後，終於避不開的來了，他說：「我病了你知道吧？」

「老梁跟我說了一點。」我說。

「我很快就要死了，」李安成給我的堅決的遺言是：「但是還好，我還在畫，還在畫。」

坦白說：我對於藝術家視死如歸而且堅持創作到最後一口氣這種事既沒有抵抗力，也就沒有熱情。聽多了，反而更想抒發一下自己原先對創作渴望的過飽之感。

我淡淡地回答：「身體最要緊，你的畫畫、我的寫作，這種事情，都是有的沒的。」「都是有的沒的」是我極少數說得比較溜的台語。

說完我朝西北西方的斜對面一指，和「攤」一樣，那兒是和平東路一段北側33號，只不過「攤」是45號，而我所指的地方在幾年以前是一家「鴨肉扁」，我用菸頭指著已經關店的「鴨肉扁」說：「葉清芳就死在那裡。」

「葉清芳？名字好熟。」

我再朝相去不遠、45號二樓的「攤」一指：「以前也是混『攤』的呀！搞攝影的——」

說葉清芳是「搞攝影的」只是方便李安成記憶，他的確記得：那個長髮過肩、經常紮一綹大馬尾，隨身背著相機和一堆鏡頭的美少年。在還沒有酗酒成癮的時候，葉清芳是《中時晚報》、《中國時報》以及香港發行的《中國時報周刊》等等新聞單位一向委之以重任的攝影記者。

對上個世紀七、八〇年代新聞媒體和文化刊物略有常識的讀者一般都會知道：在那二十年左右的歲月裡，新聞攝影的作者不時會受到報導攝影理想和工作倫理的啟發、甚至撞擊。許多攝影記者不再把自己當作是純粹記錄新聞事件的職人，而是某一種透過影像傳遞著公共價值的信使，一個有想法的messenger。

這一個啟蒙式的轉變不但豐富了報導攝影的內容，也使攝影記者有了攝影家的自我期許。他們除了在職業場域按快門，也把這個場域當作個人創作、表現的園地。記者葉清芳下班之後在「攤」的交遊也就不斷充實著這種自覺，加上一些啤酒，再加上幾瓶好了……那可不只是一個收工之後的放鬆儀式，大部分的創作靈感或概念，正是在酒桌上才豁然開啟、迸發的，那麼，在「攤」的醉與夢、辯論與咆哮、有時甚至是詬罵與哭泣，這些深夜到黎明的辰光，才應該歸檔於上班時間了。

葉清芳便是此中代表性之一員。雖然從資歷看來，他主要的新聞攝影工作都是因為在《中國時報》任職之故，但是，其間他忽然離職，說是為了「自由創作」，直到經濟上山窮水盡，只得再回到《中國時報》，隨即請調香港，又晃蕩了許多年，包括到法國長期廝混，說是一邊玩、一邊念書，還在巴黎的畫廊開了一場名為「放浪人生」的攝影展。

然而，也就在這幾多年過去之後，他證明了他不只會按快門，他還能畫油畫、寫小說以及調治滷味乃至於煮牛肉麵。

我不明白為什麼，也許就如同他日後所寫的小說《狗眼人生》所呈現的：每一隻野狗都有屬於自己的街區，葉清芳的街區就在古亭，與我工作的電台可謂緊鄰。到了本世紀的第二年，他還在電台樓下的小巷子裡開了一爿牛肉麵店，取名「芳芳大酒家」。然而，不到幾個月，就熄燈關門了。原因？據另一位我的攝影家朋友私下告訴我：「芳芳大酒家的滷味都生了蛆，還擱在櫥櫃裡。」

私下告訴我「芳芳大酒家」實在瞎搞、不能再去的朋友，其實也是默默資助他不遺餘力的人。一直到今天，這位朋友家的餐廳裡還掛著一張葉清芳畫的油畫，題名「好吃鵝」。「好吃鵝」就是和平東路一段33號那家鴨肉扁。

有一天，葉清芳坐在騎樓下的單人小桌前喝酒，我正開車經過對面，準備迴轉之後再駛入電台大樓停車的，忽然看見他在對街，臉上一片陽光。我隔著街大聲叫他，衝他招手，他看見了，可我卻決計不可能想到，他竟然在我迴轉過來之後，衝出騎樓、穿越快車道，攀住我的車窗。我開了窗，聽見他說：「我寫了一部小說，要給你看看。明天這個時間拿給你，你來。」

我反正每天都是這同一條路進電台，而且我也不相信他會記得今天的約定。可是沒想到，第二天下午，我依然在對街就看見他了，臉上仍然有一片暈黃的陽光，桌上兩鐵罐台灣啤酒，以及厚甸甸的一疊打印紙。我靜悄悄迴轉，緩緩靠邊，下車和他打招呼。他笑了，滿嘴似乎都沒了牙，但是依舊噴著菸，說：「請你指教！」

那是他第一部、也是最後一部長篇小說——《狗眼人生》。他本來還想把故事作成一部紀錄片，所以這一篇所謂的「小說」，還包括了拍攝的企畫案。

他跟我說的最後一句話是：「你要學著像狗一樣，趴到那麼低的角度，去看這個世界。」

說著說著，他就俯下了身，接著便像狗一樣地趴在騎樓廊下了。我向他告別，答應他儘快看完，給他意見，再到這裡來找他。他坐回去，瞇著眼，不住地點頭。

不多久之後，餐廳裡掛著「好吃鵝」油畫的攝影家告訴我：葉清芳在鴨肉扁門口吐了一地的鮮血，當場死了。

和平東路一段，我三十年前混酒罵架之地，而今還在這電台播音，有一間錄音室的窗戶正對著和平東路一段，我常常感覺，一低頭就看見了李安成和葉清芳渺小的身影。而現在，不只是他們，老梁也在二〇一九年十一月去了。他的兒子梁家榕挑起了紙行的擔子，他跟我說他沒有來得及跟父親「學夠」怎麼接班，我說學到老，活到老；活到老，學到老。

我是真心這樣想的，至於老梁，我根本不認為他離開了，就在這個街區裡，我們相親相識的人都未曾真正地離去，我們只是等待著學會彼此懷念而已。

# 一九八二年溪州街的那一夜

我的老台北沒有一定的時空坐標——可是我們從大理街布店到北新路溪州街，開始認識了開計程車的山東老鄉、搶案還有壞警察。

事件在某時某刻發生的那一瞬間並非只一瞬間，無論它當下如何劇烈，都不是獨立於時空之流以外而存在；它的來龍去脈，機生道成，綿延亙古。

一九八〇年一月，李師科在台北市金華街199巷，持土製手槍，射殺了在教廷大使館服勤的台北保安大隊警員李勝源，再搶走死者身上的點三八制式左輪手槍。李師科並沒有很快地用上這把槍，他蟄伏了一年三個月，直到一九八二年四月十四日，才戴上假髮、鴨舌帽、口罩，闖入羅斯福路二段土地銀行古亭分行，用那把從李勝源身上扯下來的佩槍開了火，子彈射入分行經理林延湖的胸腔，李師科則搶走新台幣五百四十萬餘元。

這一起搶案在二十三天之後，由警方宣佈偵破，但是，也就在那一天，一名祖籍、出身、職業都酷似李師科的計程車司機王迎先死在刑事警察局肅竊組幹員的監控之下。

外界只知道：五月七日王迎先於帶領警方尋找「土銀搶案犯案工具及贓款」的過程中，趁機跳橋墜入新店溪中自殺（一說為警方加工自殺）。在警方那裡，王迎先「尋短」原因也有兩種，其一是「畏罪」，其二是「羞憤」，恰是同樣出於警察單位的兩種説辭是自我矛盾的，而成為王迎先一案啟人疑竇的關鍵。就在王迎先斷氣的幾個小時之內，真正的搶匪李師科被逮捕。

李師科後來於一九八二年五月二十一日被判處死刑，五月二十六日清晨執行槍決。因為王迎先這個案子的緣故，立法院通過《刑事訴訟法》第二十七條修正案，規定被告得隨時選任辯護人，以期避免刑求逼供再度發生。

然而，我又是怎麼和這個案子發生關係的呢？這要從《時報周刊》説起。

詩人商禽是我心目中最偉大的現代詩人，我就讀研究所期間，在他左手邊的辦公桌上坐了兩年半，朝夕相處，是朋友，亦似師徒、也如父子，他是週刊編輯部主任，轄下只有一卒，就是我。

我們師徒二人的分工明確，一個人輪編一期，執編的那一週裡，司理編務的人必須安排版面、調整篇幅、安插廣告、撰寫幾乎絕大部分內文的標題以及引言。《時報周刊》每週三一早上市，週二深夜截稿，為了能爭取最後一刻入稿，黑白版往往鬧到通宵；彩色版則必須在前一週的週六截稿，至少，彩色圖片必須發稿完畢。我和王迎先命案的一點干係，就要從一九八二年的那一個週末說起。

我還記得那天彩圖進廠不算遲，截稿時間可以預期在十點以前，我送了最後一批幻燈片和版紙入廠的時候，還不知道幾個小時之後，我不但不能在家裡睡大覺，還得在一個陌生人的靈堂裡打著哆嗦。

彩印廠的助理阿財一向關心新聞，總會趁著編輯落版的時候打聽來、說道去，有些時候，他對時事的評論冷峻犀利，修辭用語還有社論主筆的風采。

這一天他有意找我聊大天，忽然問起剛見報沒有兩天的「計程車司機王迎先命案」，「你有印象嗎？」他說。我說當然，是「畏罪」還是「羞憤」天差地別，一派鬼扯。阿財接著要我附耳上前，低聲問我：要不要一條大新聞？「怎麼要？」我說。阿財仍舊保持著神秘的笑容，說：「去追啊！去跑啊！」

我沒吭聲，心想：我是編版的，不是跑線的。更何況今天是週末，幾十分鐘以後就放假了，我沒有必要去扯絡採訪組那邊的工作。搖搖頭還是擺擺手，我就離開了彩印廠。

然而，就在我回到座位上收拾包裹的時候，阿財一通電話打到商禽桌上，找的卻仍然是我，話筒裡沒頭沒腦傳來這樣幾句話：「警察在調錢，先調了二十一萬——五萬現金，十六萬支票；要給王迎先家人封口的，怎麼樣？」

「向誰調錢？」

「大理街一家布店。」阿財最後一句話說：「你下來，我再跟你說。」

我有了地址，以及兩個數字加起來的第三個數字。但是，我仍然不是記者——事實上在那個戒嚴的時代，《時報周刊》也不允許在名義上聘用記者，採訪組的人掛名都叫「外勤編輯」。記者或外勤編輯應該具備的採訪能力、寫作條件，甚至詢問手段，我一概不知。我只知道按著地址找著了位在西園橋下的花布莊，劈頭就問：「聽說有警察向你們調了一筆款子，五萬現金、十六萬支票，去擺平一個案子，你們可以說說嗎？」那老闆娘當場揮舞著勾拉鐵捲門的長鐵條，把我訇出店去。鐵門隨即在我身後嚴嚴實實地拉上了。

布店離報社一箭之遙，一路上我就在想：我早就應該知道，自己不是幹記者的料，不會就是不會，裝也不會。這念頭反覆出現在腦海裡，我莫名其妙地回到編輯檯上，商禽還坐在他的位子上打盹兒，我把鎩羽而歸的事說了，他微微抬起一隻眼皮，說了句：「給錢的不說，你去找收錢的問啊？」說完，繼續打瞌睡。

十分鐘之後，我約了坐在對面的家庭別冊主編陳宜靜、攝影組張民中，打聽到另一個地址「溪州街156巷26號」。

那是計程車司機王迎先的家。

那是一次從週六開始、連續四天沒有間斷的集體採訪。陳宜靜、張民忠和我都始料未及：王迎先一案可不只是關於一個計程車司機說不清楚的自殺疑雲。

我們也無從得知：當天來應門的王家子女（王志明以及王貴梅兄妹）忐忑、恐懼以及不知何去何從的心情。我只想知道：一個山東老鄉是因為頂不住什麼事情、居然會在刑警嚴密的戒護之下藉口撒尿而跳下了秀朗橋？畢竟，在警方聲稱的跳河自殺發生之後沒有多久，土銀古亭分行搶案就已經宣告偵破，嫌犯李師科一網成擒，王迎先這一片面，究竟是怎麼一回事？

但是，這也只是一個採訪者的疑惑，多年以後回想起來，我當時遺漏的最重要的一點不是對事理的推敲，而是對人情的體貼。王志明、王貴梅帶著重孝，王貴梅甚至是隔著一堵牆親耳聽見父親受虐掙扎、呼救、嘔吐而瀕死的人；這一起刑求致死案，也不過是一天多以前發生的事情。

我們敲門進屋，以純屬天真的好奇，迫使傷心的家屬在回憶中面對無法承受的傷痛，從而揭開了當時警方極力掩蓋這個案子的黑幕的一角。

在回顧我們所接觸到的案情之前，我們必須先把富錦街招待所和秀朗橋之間的相對位置、以及限制著王迎先身體和行動自由的人作一個簡單的勾勒。

土銀古亭分行搶案發生之後的第二十三天，王迎先死在這夥人的手上，以及這兩個地點之間。

外界一開始只知道：王迎先的相貌、身型、籍貫、職業、以及所駕駛的營業車輛的顏色都「和搶犯吻合」，其實不完全的，因為李師科的計程車雖然是05字頭和王迎先一樣，但是他的計程車是紅色的，而王迎先所駕駛的計程車卻是白色的。王家還有一床可疑的證物被單，其款式及圖案也與嫌犯所有的非常近似。

計程車司機王迎先女兒的男朋友遭誘陷指認了證物，之後王遭到調查員警逮捕。王迎先被捕之後，由刑事警察局肅竊組警官詹俊榮、偵查員謝文昌、洪福川、陳奕煌、周桐明等人非法拘禁，顯然經歷了非人的刑求逼供，被迫承認犯下了搶案。就在民國七十一年（一九八二）五月七日凌晨三時，王迎先在據稱是帶領警方尋找犯案工具及贓款的過程中，趁機跳下秀朗橋墜入新店溪中，自殺明志。

那時的肅竊組之中還有一個成員，幸運地由於當時另有任務而沒有參與王迎先的刑求，他叫侯友宜，後來經常在街頭率隊與歹徒駁火，屢建奇功，擔任過刑警局長、警大校長、警政署長、乃至於新北市的副市長和市長。另外，還有一個剛才提到的洪福川，此人似乎也並未直接參與刑求，所以他後來一直待在刑事警察局，我還記得在尹清楓命案發生之後，洪福川還對我作過面對面的偵查。

包括侯友宜在內，整個新成立的檢肅扒竊組成員，無論是詹俊榮、謝文昌、陳奕煌還是周桐明，多有出國深造的資歷，他們的考核成績優良，辦案績效卓著，可以說都是警政體系有心栽培的後起之秀、一時之選。然而，他們的傲慢與成見，恰恰蒙蔽了他們應該具備的理智和良知。

在我一、二十歲（也就是西元六、七〇年代）的老台北新聞人心目中，「富錦街刑事警察局招待所」並不是一個「正常的」的名詞——試想：刑事警察們需要招待什麼人呢？負責攝影工作的張民忠在前往溪洲街王迎先家的路上反問我的這句話令我不寒而慄，終身難忘。

到了八〇年代初期，這個「招待所」所在的位置，雖然依舊偏北，俗稱「民生社區」，已經是日後地產商所聲稱的「蛋黃區」了。

此外，秀朗橋則橫跨新店溪，開通於一九五一年，是市中心通往景美、宜蘭的要道。當時秀朗橋長一百三十三公尺，寬三點六公尺，一九六九年改為PCI樑橋之後，到了八〇年代，具備一種較新的地理感，它位在台北市連外的西南方。王迎先死後多年以來我都不明白：究竟是屈打成招的王迎先、還是嚴刑逼供的肅竊組幹員哪一方面率先想到要從富錦街前往秀朗橋起贓呢？

一九八二年五月八號晚上十點半左右，我們一行三人來到王迎先家門口。八個小時之後，也就是五月九號的清晨，初步的採訪工作告一段落，一行三人仍舊站在那大門口。陳宜靜提出一個截稿的問題——

如前所說：《時報周刊》的截稿時程是每週二深夜，這個時間是不可能改變的。換言之：我們在九號（週日）清晨所取得的採訪資料必須等到三天以後才可能白紙黑字印刷問世，那麼，這期間若有其它的媒體記者也來到王家，和王志明、王貴梅隨口詢問，而王氏兄妹既然已經和我們一夜長談，到這時就沒有隱瞞真相的顧慮了。那麼，只消任何一個日晚報記者來到此間探訪，都可能使新聞在週一見報，那麼，我們在過往這八個小時裡的工作就算是做白工了。

當下我們只有一個選擇：立刻打電話回《中國時報》本報社會組，讓他們派一個資深幹練的記者來到溪洲街現場，再由我們三人將這一夜之間所獲得的信息提供給他，爭取週一由本報搶先發佈。

本報記者在半個小時左右來了，是社會組的資深召集人李彪。我依然記得他睡眼惺忪的模樣，一見面就說：「要弄一杯咖啡喝喝。」

已經被錯綜複雜的案情折騰了一夜，陳宜靜必須先回家照料孩子。我和張民忠就非得留下來喝那杯咖啡不可了。我們橫跨北新路，很意外地，就在溪洲街那破舊眷村的正對面，找到一家具備著典型歐式風格的早餐店，雕花白漆刺繡軟墊木桌椅、面街的敞亮落地大玻璃窗，火腿蛋三明治，室內可以抽菸，我們在這裡把採訪所得一股腦兒倒給了老大哥李彪。

就在我們抽到不知第幾支菸的時候，張民忠忽然從落地窗裡看見窗外踅過去一條人影，那是我們前一天晚上剛剛接觸過的、王迎先的老侄子，五十郎當歲，卻和王志明、王貴梅同一個輩分。

他的身影劃過窗前不久，路邊行道樹蔭底下開來停住一輛裕隆牌墨綠色的公務車，黃燈閃亮，駕駛在座，車上走下來的人我和張民忠都沒有見過——偏偏李彪一眼認出來了：那是刑事警察局督導室的主任。

老侄子和刑警局主任怎麼能夠窸窸窣窣在一起呢？張民忠很快地在照相機底下裝上連拍器，離座出門，舉起相機，對著正在低聲細語的兩人一連拍了十二張照片。

第二天，也就是民國七十一年五月十號星期一，《中國時報》三版頭，署名李彪的採訪稿和四張密會圖文獨家刊載。我和陳宜靜各自負責的採訪稿則在五月十一號晚上匯整成一篇，刊登於週三印行上市的第二二〇期《時報周刊》。

我原先給這篇文章下的標題是〈查他、途死、拖拉、如是說〉，這個標題脫胎自尼采的哲學論述：《查拉圖斯特拉如是說》，允為我不算太長久的編輯生涯中的得意之作。只是，不知道怎麼回事，日後所能勾稽查找到的（包括國家圖書館典藏的）版本，極可能都是因為雜誌一時熱賣而再版加印的版本，標題都換成了白水無趣的〈王迎先命案疑團待解〉。

這件案子以及我們的追蹤報導影響深遠，當時「黨外」的省議員周滄淵在質詢時激動地說：「不看《時報周刊》，真不知道我們台灣新聞業的進步！」

我們負責採訪的三個同仁每個人還空前絕後地領到了四千塊錢採訪獎金，只不過過手不到幾分鐘，錢都被陳宜靜收走，捐給王迎先的遺孤了。在冤死新喪之餘，各界湧進王家的捐款不止五、六百萬，然而，這並不能逆反悲劇。

悲劇帶來的長遠影響則是由於立法院三讀通過修正《刑事訴訟法》第二十七條，規定被告得隨時選任辯護人，以期避免刑求逼供再度發生；俗稱「王迎先條款」。

接著，就是那一篇我和陳宜靜分工執筆的〈查他、途死、拖拉、如是說〉，這是另外一個故事了。

附錄

# 查他、途死、拖拉、如是說

（原編按）本文內容是《時報周刊》編輯，在一九八二年五月八號到十一號期間，陸續直接採訪王迎先家屬：王志明、王貴梅、王志強，還有親戚王老先生、王成功，鄰居唐太太、黃耀宗、陳念宗，友人張民瑋，及其他多位不願透露姓名的人士，依據他們的描述，做的綜合報導。至於王迎先被警方調查詢問的經過，以及死因究竟如何？則有待司法機關最後的檢驗和偵查確定。

整個事件該由李志華，也就是王迎先的朋友、開計程車的，由他被列為嫌犯開始。李志華的身材、特徵和四月十四號土銀古亭分行的蒙面大盜近似，李志華曾患過中風，因此走路微跛。那一次生病出院之後，李志華就暫時住在老友王迎先家，住了將近一個月搬走，把原來帶來的兩條棉被之一，留在王迎先的家，無心留置的這條棉被，卻離奇地「殺」死了王迎先。

怎麼說呢？這是一床惱人的棉被。

五月六日，偵辦蒙面大盜正朝向「05字頭的紅色計程車」的目標如火如荼地展開，駕駛「0519129白色計程車」的王迎先一天都在外奔波，可是當天下午三點鐘左右，兩名員警到他家搜查，沒有任何令他們滿意的斬獲後，他們還是耐心地等待著，直到王迎先的長女王貴梅及幼子王志強看完電影返家，他們對王貴梅提出了一連串的詢問，問號圍著李志華打轉。

他們想知道李志華有沒有戴過帽子，以及帽子大致的形狀。王貴梅記憶之中李叔叔好像戴過一、兩次帽子，她還大致形容了一下所記得的款式；接著就是那床惱人的棉被了。員警在端詳被子時，王貴梅告訴他們，原來的被套破了，又嫌它換洗時要拆要縫，所以她和她的男朋友張民瑋特地陪爸爸去景美夜市換了條拉鍊式的。至於換下的舊被套，王貴梅表示可以取出來給他們看，但是這個請求並沒有被接受。爾後王貴梅又回答了另一個問題：李叔叔最近來她家時，臉色有沒有異常之處？王貴梅說「沒有」。

屋外邊，天色已經暗了，兩名員警在他們家吃了買自外面的食物當晚餐，他們不走，王家的人也不以為意，七點鐘，一家之主王迎先回來了。

王迎先得知員警的來意，問他們要在家裡，還是去外邊談？所以員警順理成章地帶走了王迎先，幾分鐘之後，其中之一的員警回頭來找王貴梅，撒了個謊，說王迎先要她抱了棉被一起跟去，她正在等男朋友的電話，卻還是被拉到寧夏路的刑事警察局的肅竊組。

做了筆錄，王貴梅被帶出去選購「李志華的帽子」，回來之後她看到「蒙面盜的被套」，她表示被套不是她家的，接著又被帶去防暴科看土銀搶案的錄影帶，她這才發現所選帽子的形狀竟然和搶匪的一模一樣，至於搶匪是不是李志華？她說：「有點像，走路的樣子有點像。」這時，她聽到樓上傳來王迎先的聲音，稍後，父女倆搭計程車返家。

王迎先在車上表示，李志華不太像搶匪。他還說：只要自認清白，不管警方怎麼樣傳訊、傳訊幾次，照實回答就是了。

就在這個時刻，張民瑋打從新竹到王家來找王貴梅，他在巷口守候時，又有兩名便衣警察再度蒞臨王宅，張民瑋得訊返回，刑警只告訴一頭霧水的他：前去肅竊組指認，至於指認物及原因，員警堅持不露風聲，張民瑋當然也無從知起，最後他和王太太隨同警員上了車。可是跟返家的王迎先父女正好擦肩而過，兩班人馬沒有碰到面。

肅竊組的員警告訴張民瑋和王太太：只要他們指證棉被被套，就放王迎先父女返家。患有輕微精神分裂症的王太太，一看到橘黃色帶有富貴花紋的被套時，順口就說：「這個是我們家裡的嘛！」員警非常興奮，分別對他們展開問訊和筆錄。

由於張民瑋背對王太太，他只聽到王太太說的一句話：「我不知道。」而他自己在員警一再保證：只要他指證，棉被是王家所有，就放王貴梅回去的辦案手法引誘下，他的指證是「大概」，員警又表示：假如他能夠明確地肯定被套是王家的，他們馬上釋放王迎先父女。張民瑋事後說：「我深愛貴梅，我當然希望她早點回家，而且我根本不知道被套牽連到土銀搶案。加上他們又說，只要我承認，所有人都會沒事的……」所以張民瑋告訴警方，這條被套會起毛球，而他以前蓋過的那條，上面的毛球常常沾滿他的長褲，警方於是代他擬了證詞，大意是：「這條棉被我曾蓋過，且確係王家所有……」張民瑋絲毫不懷疑警方的誠懇，照抄後並捺下指紋，這才知道王迎先父女早就離去。此時是五月六號十二點。

回到家後的王迎先父女先是在外面吃他們當天的晚餐，王貴梅問父親有沒有遭到刑求？王迎先肯定地說：「沒有，他們對我很客氣。」

然而他們回家才剛坐下，兩名員警周桐明、陳奕煌又來了。這一回父女倆被帶到富錦街的一棟公寓（四〇七號一樓）裡——他們與張民瑋、王太太又一度失之交臂了。

王貴梅最後一次見到父親，王迎先正坐在富錦街招待所的餐廳，之後，他被帶到一個小房間。警員洪福川劈頭指責她講話不老實、說謊，一把抓起了她的頭髮迫使她站了起來，接著就是兩耳光，還說：「明明被單是你們家的！」王貴梅嚇得噤不作聲。

王貴梅說她還是一再要求警方到家中檢查原先換下來的舊被套，以示她沒有欺瞞，可是這話仍不被採信。而後警員謝文昌入內，一進門就罵：「你太過分了，你今天一定要給我寫出來，否則就給你苦頭吃，要你好看的！」他並且表示：王貴梅說謊是受了王迎先的慫恿，因為連她媽媽都承認這被套是他們家的。

## 哭聲，喘息和嘔吐

王貴梅開始解釋：李志華住她家是民國六十九年七月到八月，已經是兩年以前的事了，而王貴梅離家出走兩年的母親卻在今年年前才返家，那時被套已經換新，她母親根本不曾見過舊被套。可是這番表白換來的卻是要她寫自白書。王貴梅說：「我當時真的知道什麼是屈打成招，我開始寫：『我因為一時忘記，所以才說被套不是我們家的……』，可是他們還要我坦白我父親教我說謊的過程，這個我寫不下手，謝文昌又說一定要寫，否則他還會給我苦頭吃。」這期間，王貴梅還被問到王迎先車子的顏色，他們不相信車子買來就是白色，當然也不採納王貴梅要他們詢問原售車者的建議了。

王貴梅回憶說，當時謝文昌出去後，換了周桐明進來。他雖然一直瞪著王貴梅看，可是卻也說：「你是女孩子，我不知道要怎麼下手。」這時是五月七日凌晨一點多，三重分局正在包圍土銀真正凶嫌李師科的住所。然而也就在這個時候，王貴梅說他聽到隔壁房間傳來的水聲與王迎先的哭聲、喘息聲和嘔吐聲，警方不理會王貴梅的詢問並將門反鎖。而這一連串令王貴梅痛徹肺腑、呼救無門的生息，她說約莫至凌晨三點才趨沉靜。

然而最令王貴梅痛苦難忍的卻是，就在這段時間蒙面大盜李師科被逮捕歸案。

兩點到三點間，銬著手銬的李志華被帶入內。王貴梅說她聽到李叔叔告訴周桐明：「現在王迎先在受苦，我如果現在不講話，等下就該我用刑了，所以我現在要把話講完——王迎先現在可能休克了。」

王貴梅在極度恐懼的情緒裡，沒有去聽李志華和周桐明的對話內容，只是覺得兩人很談得來，她說：「周警員這個人很好。」

王貴梅說這段期間之內，謝文昌曾數度入內取筆供用的白紙，他的裝束與王貴梅先前所見已略有不同。她說謝文昌脫去了上衣，僅著背心或汗衫，長褲褲腿捲到膝蓋處，腳穿拖鞋。

三點多鐘，謝文昌入內，他以台語告訴周桐明：要帶王迎先出去找錢。四點鐘，仍留守的謝文昌再度入內，他問了王貴梅和李志華同樣一個問題：「李師科你認識嗎？」他們的答案一致：沒有聽說過。

清晨六點，謝文昌經已經證實王迎先無辜，然而對破獲搶案絲毫無所風聞的李志華、王貴梅仍舊被送到寧夏路肅竊組，謝文昌再給了王貴梅一百一十元返回景美的車資，當時李志華再三要求看棉被套，謝文昌陪同他到後邊去，肅竊組於是空了，空蕩蕩的辦公室無法回答王貴梅心中的疑惑：「我父親什麼時後回去呢？」

王貴梅單獨返家，把經歷大致告訴住在隔壁的唐阿姨，唐阿姨懷疑地問：「那你爸爸怎麼還沒回來呢？」可是張民瑋要她先去睡，精疲力盡的王貴梅睡著了，夢裡沒有老父的哀號聲，當然也沒有老父滿懷冤屈的遺容。

大約在七點鐘左右，又有兩名刑警來到王家，約略地告訴王太太：「你先生出了事，請你跟我們走一趟。」王太太表示要由王貴梅前往，然而禁不起對方的堅持，只好依言前去。這個時候溪州街一百五十六巷二十六號門前的小弄中又是一片死寂，而台北街頭到處已經響起了土銀搶案宣告偵破的廣播。

直到十點多鐘，刑警洪福川的聲音又在弄堂裡邊響起，他叫：「王貴梅！王貴梅！」接著，張民瑋和其他幾位鄰居的孩子都出來了。張民瑋為了怕熟睡中的王貴梅再受驚擾，便答道：「她不在，出去了。」刑警才轉身離去。

到了中午，唐阿姨出來喚過張民瑋，說：「土銀搶案都破了，你王伯伯怎麼還沒回來？你去看一看，究竟怎麼了。」張民瑋便和綽號「相公」的陳念宗騎機車前往寧夏路刑警局肅竊組，到達之後，謝文昌告訴他們：「王迎先已經死了！」

在驚惶之中，張民瑋留下，要陳念宗先趕回住處，把消息傳回來。唐阿姨不敢相信這是事實，考慮再三，還是把傳聞告訴了王貴梅。王貴梅放聲大哭，執意要和陳念宗再去肅竊組，等到三個人再返家時，天上下起了大雨。

下午兩點多鐘，電話鈴響了，唐阿姨接過來，對方是李志華，劈頭就問：「王迎先呢？」「他不是死了嗎？你不知道嗎？」對方停頓一下，說：「是，我知道。」說罷便掛斷了。唐阿姨正在忙亂之中，聽到屋裡一個鄰居的孩子敘述：早先李志華也打過一通電話，接聽的孩子問他要不要過來，李志華答道：現在行動不自由，會再和王家聯絡。

到了下午三點鐘左右，遠在左營王志明服務單位的總機響了，是台北刑警局打來的，當時王志明不在電話機旁，對方留了台北的電話號碼，並告訴傳話人：「王志明的父親去世了，要他立刻打電話到這個號碼來！」消息傳到王志明耳中，他第一個反應是：會不會發生了車禍？他沒有打那個號碼，而是直接撥電話回家，接電話的是唐阿姨，最初她的聲音非常鎮定，說：「小明，你要冷靜地聽我說……」

話筒中突然傳來王貴梅的哭聲，唐阿姨彷彿再也忍不住了，跟著哭出來，王志明聽到斷斷續續的噩耗，他怔住了，電話筒落地下去……

## 是氣死還是自殺

到了下午六點鐘左右，王志明的二爺爺已經聞訊趕到王家，張民瑋和王家小弟志強坐在客廳裡，鄰居中有位年輕人黃耀宗陪同在一旁，電視機開著，凌亂的閃著卡通影片的畫面。突然，刑警陳奕煌、洪福川帶著王太太回家了，一同進門的還有鄰居薛先生。黃耀宗覺得有些奇怪：為什麼王媽媽好像喝過酒？有撲鼻的酒味和發紅的臉色。張民瑋立刻說：「王伯伯呢？」洪福川拍拍他的肩，拉他跨出小院子，到對門去說話。黃耀宗說他這時聽到陳奕煌對王老先生說：「王迎先不是搶犯，他很生氣一氣就氣死了。我們來談和解的問題。我們給了王太太二十一萬，五萬現鈔、十六萬一張的支票。王太太已經在和解書上捺了手印，剛才我們請隔壁這位薛先生一起來，想請他作個證，蓋個章——」

「這怎麼能蓋？」老先生一下子爆發了怒氣：「人死得不明不白的！」薛先生也不肯蓋章。

洪福川這時正巧從外面進來，說：「是這樣，王迎先跳河自殺了，我們是來談和解的。」

這時所有的人都愣了一下，兩位刑警的說詞竟然不一樣。

王老先生接著問王太太：「那錢呢？」

王太太從衣袋裡掏出了一疊五百塊錢的大鈔和那張支票。就在這個時候，兩位刑警便轉身向外走，王老先生立即抓過了錢，要王志強還給對方，可是兩個刑警腳步很快，已經出了弄堂口，跑向巷外空地上的車中，搖上窗戶，發動引擎，絕塵而去。

王太太這時開始向屋中的人敘述這半天來的遭遇：早上有兩位警察帶她出去，告訴她：「你先生跳河自殺了。」一行人來到秀朗橋下的河邊，那裡有一個人走來走去。她身旁的警員問對方：「有沒有找到？」對方搖頭說：「沒有。」然後，這兩位警察便帶她到「一個地方去坐」。

到了十一點多，三個人又回到河邊，這時原地多了一具屍體，上面蓋著草蓆，一看之下，就是王迎先。接下來，警察又帶著王太太一起去吃午飯，王太太說她記得席間有一位警察說道：「王先生死了，你要多少賠償？」王太太說：「六萬塊。」

對方說：「這樣好了，我們不要講價錢，給你二十一萬，怎麼樣？」王太太答應了，對方掏出一份和解書，讓不識字的王太太在上面捺了指紋。

## 和解追究兩般難

就在這一段時間裡，王貴梅已經無法入睡，她哭得精神恍惚，向周圍試圖加以安慰、卻手足無措的鄰居們嚷著：「他們那樣對我爸爸……就在隔壁，我都聽得到，我不能去救他，我救不了他！我——」她幾次要咬舌自殺，都被人硬搶著救了下來。

晚間王太太說完了白天的一段遭遇之後，王家窄小的客廳裡已經擠滿了關切與同情的街坊鄰居，大家七嘴八舌地提出疑慮和討論，可是沒有人能作主處理任何事情——一直到晚間將近十點鐘的時候，王家的長子王志明衝進了屋子。

他想極力保持冷靜，在母親和弟妹的哭聲與陳述中，把整個故事理出一個頭緒來。戎裝未除，他從家變中仍然隱約體念到大局的情境。還有，究竟要先追查已成過去的真相？還是先顧慮未來善後的處置？誰能替他作主？誰為家人出頭？和解是什麼意思？追究又要從何入手？無數進退維谷的兩難之情糾纏在他的腦海裡。

凌晨一點多，王志明和家人到里長馮針妹家裡，想要拿定一點主意，卻毫無所獲。這一夜，滿屋的人都未曾闔眼，可是誰也不能解開謎團或打破僵局。

八日清晨五點鐘左右，王志明和唐阿姨一同到北投找王迎先生前的一位好友劉先生，並請經由劉先生的介紹，轉赴另一位在法界認識的周先生家中請教，周先生表示：先要看到王迎先的遺體，才能言其他。八點鐘左右王志明返家後，又折往馮里長家中商談，透過馮里長和台北市議員陳必強取得聯繫。陳必強約他們稍後到滬江高中旁的辦公室見面細談。

王志明、唐阿姨和馮里長於八點半鐘左右來到陳議員的辦事處，之後不久，刑事局偵一隊隊長鄭德才也來了，他表示：從當天早上的報紙新聞中約略得知王迎先去世的情形，他問王志明有什麼打算，王志明提出了三點：

一、要先見到父親的遺體。
二、要知道父親確實的死因。
三、其餘善後的問題要在前兩者達成之後再談。

九點多鐘，馮里長先行離去，鄭德才也相繼告辭，王志明和唐阿姨又和陳議員詳細說明了變故始末，他們在當時對陳議員的初步觀感是：熱心、公正。

## 「乾脆你來開個價」

王志明返家之後，陸續接到許多陌生人士關切的電話，眾說紛紜。王志明這時已經警覺到：不可以輕舉妄動，他懷疑，可能有人試圖利用這件事情掀起更大的風波。

這時，王志明的老堂哥王成功已經從台中趕來台北。他也強調：不能意氣用事。下午兩點鐘左右，刑事局來電話，要和王志明談談，雙方約定在北新路北一西餐廳見面。王成功和王志明一同前往，對方除了鄭德才，還有兩位，分別是刑事局的資料室主任王君宜和督察室主任蘇天元。他們要到地下室談，王志明說：在一樓就可以了。對方選定了餐廳裡面角落的一張桌子，把王家兄弟圍坐在內。正要展開談話時，王志明表示：要有見證人在旁邊，便起身撥電話回家，給先前在王家的馮里長。馮里長接著來到北一餐廳時，後面還跟著一位日報的記者先生，但是在場的人都未曾發現。

這次談話從早先王志明所提的三個原則上展開。據王志明說警方三位代表告訴王志明：關於王迎先的遺體問題，要和一家「安順葬儀社」聯絡，他隨時可以去看，王迎先的死因則早有警方初步的驗屍報告，並且已對外公佈。剩下來的是第三個問題：善後。三位高級警官一致表示：關懷苦主爾後生活上可能發生的困難。王君宜對王志明說：「我們都是山東老鄉，你又是個年輕人，乾脆一點，你開個價好了。」王志明遲疑了一陣，想到全家窘困處境，他伸出了兩個指頭。

「兩百萬？」

王志明點了一下頭。王君宜說，他們要把這個問題帶回去研究，當時不表示任何意見。就在談話接近尾聲的時候，王志明發現：旁邊坐著那位是記者。

這是王志明首次正式和警方代表所做的接觸，結束之後，堂兄弟倆先行返家，準備了香燭，和安順葬儀社聯繫，得知父親的遺體已經移往辛亥路市立第二殯儀館，便立刻前往祭拜。

王志明看見了父親的遺體——王迎先後腦處有傷口，身上到處是淤泥——然而，頸部以上看來卻很乾淨。

王志明帶著滿懷的驚駭和疑慮回到家中時，天剛暗下來，他在暮色中回憶起先前北一餐廳的情景，頓時百感交集：接受警方的解釋以求和解，則帶病的母親、受創的妹妹及年幼的小弟就毋須為生計操心；但是父親的沉冤如何洗雪？堅持追查出根柢，就能讓死者瞑目、生者安心；然而這樣對全家人此後所面臨的現實生活，又能有什麼幫助？還有一個接一個來訪的親友，一通又一通探詢的電話，各種建言、各種態度，似乎都能左右，卻都很陌生了。

## 公開只說十六萬

晚間八點多鐘，王迎先的老侄子，也是王志明、王志強的老堂哥王成功，接到一通電話，自稱是台北市警察局長顏世錫，他說：錢的事情他可以保證，會再找人來接頭。並且要他們等陳必強議員的電話。接著，王志明的一個老朋友來到家中，邀王志明到巷口麵攤上吃點東西。正在吃著，王志強趕來說：「哥，陳議員來電話，要你和成功哥現在就去他家談談。」

王志明即刻回家，和王成功會同里長馮針妹一齊赴會。到達時他們看見那輛曾經在下午停靠於北一餐廳門口的轎車，「他們也來了？」王志明說。

王志明清楚地指出整個與談的經過情形如下：

果然，鄭德才、王君宜、蘇天元三位都已經在座。陳必強隨即表示：顏局長打過電話來，在賠償費問題上表示「能少盡量少」。鄭德才則說：原則上兩百萬是可以的。但是，先前所支付的二十一萬要先行收回，另外，再付頭款六十萬。而且：「公家的錢不好拿，要報上去，簽下來還要一段時間，所以只能先給六十萬。其中十萬元是安葬費，五十萬是撫恤金。這六十萬已經不容易湊了，是我們自掏腰包、支薪水、募捐來的。」

王志明說：「先前的二十一萬我並不『接受』，只是暫時保管，在事情沒有完全澄清之前，不能退回。」然後，他繼續聽對方的進一步說明。

至於另外的一百四十萬元，蘇天元指了指陳議員，說：「這中間有陳議員在，我們對陳議員負責；陳議員對你們負責。我們會在一個月內把錢湊齊。你們放心，就算我們不能給，陳議員也會幫助你們解決的。」

王志明已然覺得事情有些不尋常，他試探著問：「那陳議員有這個能力嗎？」

陳必強說：要想一想。說完便起身出去，不久之後，他再度入座，對警方人員說：「我願意負這個責任，但是你們要給我信用，不能憑顏局長一通電話就算了。」陳議員停了一陣，又對王志明等人說：「我還是相信他們。」他指的是三位警方代表。

這時王志明表示了他堅持的態度：「要賠償金是一回事，不過我還是希望你們能更改死因，要讓我們苦主滿意。」

三位刑警支吾了一陣。馮里長便要王成功、王志明出去談一下，陳必強也跟出來。里長認為：看情形和解和追究只能選一條路走了，而追究的話也有可能不了了之（這時王志明看見屋裡有人打電話，但是聽不出來是什麼人）。王成功也表示：先達成和解再說，他們重返屋內的時候便向對方說：原則上同意和解。但是王志明追問了一句：「我是不是能知道父親的死因？」

蘇天元答稱：死因的追究可以找地檢處檢察官，兩百萬則是私下和解。接著，鄭德才強調：兩百萬之中，前面的六十萬是公開的數字，將來向外界宣布的只是六十萬。「至於這一百四十萬，跟誰都不要提，連你的弟妹、媽媽還有親戚朋友鄰居，都不要提！」

這算是警方的結論，三位主管隨後動身離去。陳必強對王志明和王成功說：「你們這個案子的賠償是史無前例了！以我的能力和職權，也不能做太多的要求。而且就算是跟他們周旋到底，不但拿不到錢，也不會有什麼結果，我頂多只能在議會上放放炮而以。」

## 挑糞也要洗冤情

王志明回家時已經是凌晨一鐘前後了。他先到妹妹休息的房間，看見王貴梅靠牆坐著，眼神呆滯，便試著說：「哥已經跟他們在談和解了，我要知道你的意思。」王貴梅雙眼一閉，淚珠沿臉頰滾了下來，她搖了搖頭：「那是你的事，我的我會自己解決。」「你要做什麼？」「我自己會解決。」接著，王貴梅便一言不發了，王志明又是一陣心酸，只好說：「那我不去和解，不跟他們談了，好不好？」他如是問了好幾遍，王貴梅又哭出聲來，輕輕點了頭。

九日上午七點，王家二爺爺、王成功、王志明和小弟王志強開始商議當時本刊編輯一直在場。王志明想到亡父的遺容、聽過妹妹的哭聲，他突然說：「我不要和解！」王成功十分驚訝，便說：「我一再說：你要上天我拉著你尾巴去，要下地我也跟著，可是你不明白打官司的事。不是我們不願意打官司，是不能打，我們小老百姓打不起！」「可是我要還我父親的清白。」二爺爺流下了眼淚說：「大男人說話，說一句，算一句。」王志明撲地跪倒：「爺，你要我怎麼辦？我要是和解，作夢也不安心的。」王成功過來扶他，自己也大聲地哭起來，叫著王迎先：「三叔啊！你指點一條明路罷！」

近午時分，王成功臨時接到王君宜的電話約見，地點是北一餐廳門口。王成功於十一點十分到達。五分鐘之後，一輛綠色的轎車駛近，停靠在路邊，王君宜下來，和王成功在樹蔭底下談了二十多分鐘。期間王君宜不時地捶胸頓足，頗現焦慮；然後在十一點四十分上原車離開。王成功則過街叫車，往回家的路上駛去。

在這一天中，有更多的訪客和電話不速而至，其中也包括各報社的記者。下午五點鐘左右，王成功處理完另一件私人的事情之後回家，告訴王志明：他有一些律師朋友認為：如果執意追究王迎先的死因，也不可能有結果。

王迎先畢竟是不可能復生了，要知道他是被怎麼蓄意虐死的、還是被加工自殺的、還是刑求中意外引發了什麼疾病……種種猜測都有，這些個揣度臆想也不可能會有答案。只是主持驗屍工作的法醫周序廣也在第一時間接受了採訪，周法醫的敘述有助於我們排除一切刑警局方面製造的假訊息。

肅竊組方面一再聲稱：王迎先是生前投水致死的。然而，如果是生前落水的話，肺部應該會因為溺水的掙扎而有明顯的積水和泥沙。然而，周法醫相驗的結果，王迎先遺體的肺部卻「很乾淨」。換言之：當王迎先從高處墜落新店溪河床的時候，已經沒有了呼吸。

此外，周序廣法醫也發現：王迎先的肋骨和尾椎骨都斷了。如果說這是從高處墜落的結果，則高低前後兩處猛烈的骨折怎麼會出現在一次墜落的屍體上呢？合理的推測是：其中一處骨折並不是墜落時造成的——

攝影記者張民忠和李彪的推測是：肅竊組幹員用刑時發現王迎先受刑不過而休克，隨即為他做了ＣＰＲ，可是偏偏技術不佳，卻壓斷了王迎先的肋骨。至於尾椎上的傷，應該就是將屍體投擲到新店溪裡的那一剎那間撞擊河床所致。

這個並未確切證實的細節令我震撼且難以忘懷。我想：無論我們生活在文明如何的發達社會，也無論我們生活在科技如何昌明的時代，我們都還是會徒手取人性命的物種啊？在我們自己的裡面，是多麼地可怕呢？

文學森林 LF0138

# 我的老台北

The City We Were

作者
張大春

一九五七年台北出生，在遼寧街與南機場復華新村長大。台灣輔仁大學中文碩士。

早期作品著力跳脫日常語言慣性，捕捉八〇年代台灣社會的動態。張大春的小說充斥著現實的謊言與虛構的魅力，除了時事與魔幻寫實、更以文字顛覆政治，九〇年代以《少年大頭春的生活週記》《我妹妹》等寫下暢銷紀錄，千禧年後重返華語敘事傳統，先推出武俠小說《城邦暴力團》，繼之又出版《聆聽父親》，將其敘事風格結合文化傳承，走上自我追索傳統的道路，並以「大唐李白」系列向書場敘事及中國詩歌致意，近年出版《認得幾個字》《文章自在》《見字如來》，更展現其對語文教養的重視與看法。

封面設計 黃子欽
編輯協力 詹修蘋
行銷企劃 楊若榆
版權負責 陳柏昌
副總編輯 梁心愉

初版一刷 二〇二〇年十二月二十八日
初版五刷 二〇二一年十月二十一日
定價 新台幣三五〇元

ThinKingDom 新經典文化
發行人 葉美瑤
出版 新經典圖文傳播有限公司
地址 臺北市中正區重慶南路一段五七號十一樓之四
電話 02-2331-1830 傳真 02-2331-1831
讀者服務信箱 thinkingdomtw@gmail.com

總經銷 高寶書版集團
地址 臺北市內湖區洲子街八八號三樓
電話 02-2799-2788 傳真 02-2799-0909
海外總經銷 時報文化出版企業股份有限公司
地址 桃園市龜山區萬壽路二段三五一號
電話 02-2306-6842 傳真 02-2304-9301



我的老台北 / 張大春著. -- 初版. -- 臺北市：新經典圖文傳播有限公司, 2020.12
256面；14.8x21公分. --（文學森林；YY0238）
ISBN 978-986-99687-0-6（平裝）

863.55　　109018573